A Happy Thoughts Initiative

वर्तमान युग के आइंस्टाइन

स्टीफन हॉकिंग

खगोल विज्ञान के महान आविष्कारक

वर्तमान युग के आइंस्टाइन
स्टीफन हॉकिंग

© WOW Publishings Pvt. Ltd.
All Rights Reserved 2019.

प्रथम संस्करण : दिसंबर 2019
संपादक : संजय भोला 'धीर'
प्रकाशक : वॉव पब्लिशिंग्स प्रा. लि., पुणे

ISBN: 978-93-87696-95-2

© सर्वाधिकार सुरक्षित

इस पुस्तक के कॉपीराईट्स व पब्लिशिंग राईट्स वॉव पब्लिशिंग्स् प्रा. लि. के साथ आरक्षित हैं। यह पुस्तक इस शर्त पर विक्रय की जा रही है कि प्रकाशक की लिखित पूर्वानुमति के बिना इसे व्यावसायिक अथवा अन्य किसी भी रूप में उपयोग नहीं किया जा सकता। इसे पुनः प्रकाशित कर बेचा या किराए पर नहीं दिया जा सकता तथा जिल्दबंद या खुले किसी भी अन्य रूप में पाठकों के मध्य इसका परिचालन नहीं किया जा सकता। ये सभी शर्तें पुस्तक के खरीददार पर भी लागू होंगी। इस संदर्भ में सभी प्रकाशनाधिकार सुरक्षित हैं। इस पुस्तक का आंशिक रूप में पुनः प्रकाशन या पुनः प्रकाशनार्थ अपने रिकॉर्ड में सुरक्षित रखने, इसे पुनः प्रस्तुत करने की प्रति अपनाने, इसका अनूदित रूप तैयार करने अथवा इलेक्ट्रॉनिक, मैकेनिकल, फोटोकॉपी और रिकॉर्डिंग आदि किसी भी पद्धति से इसका उपयोग करने हेतु समस्त प्रकाशनाधिकार रखनेवाले अधिकारी तथा पुस्तक के प्रकाशक की पूर्वानुमति लेना अनिवार्य है।

Disclaimer : Although the editors have made every effort to ensure that the information in this book was correct at the time of printing, the editor and publisher do not assume and hereby disclaim any laibility to any party for any loss, damage or disruption caused by errors or omissions, whether such errors or omissions result from negligence, accident, or any other cause.

Vartamaan yug ke Einstein
STEPHEN HAWKING
by WOW Publishings Pvt. Ltd.

विषय सूची

प्रस्तावना	स्टीफन और भौतिक विज्ञान	5
खण्ड 1	**स्टीफन का परिवार और बचपन**	**9**
1	शिक्षित माता-पिता	11
2	स्टीफन का जन्म	13
3	बचपन व प्रारंभिक शिक्षा	15
4	ऑक्सफोर्ड में प्रथम श्रेणी	20
5	कैम्ब्रिज में दाखिला	25
6	मोटर न्यूरॉन की बीमारी	27
7	स्टीफन और जेन का विवाह	33
8	स्टीफन व जेन का परिवार	39
खण्ड 2	**स्टीफन का वैज्ञानिक जीवन**	**43**
9	बिग बैंग थ्योरी	45
10	ब्रह्माण्ड का निर्माण	49
11	ब्लैक होल पर शोध	53
12	सुपरनोवा	57
13	ब्लैक होल का इतिहास	59
14	ब्लैक होल से जुड़े सवाल	64

15	क्वांटम थ्योरी	70
16	ब्रह्माण्ड की रचना अपने आप हुई	73
खण्ड 3	**स्टीफन के जीवन की सेकण्ड इनिंग्स**	**77**
17	कॉलटेक में शिक्षण	79
18	रॉयल सोसाइटी द्वारा सम्मान	81
19	ल्यूकेशन प्रोफेसर	83
20	एप्पल-२ : बोलनेवाला कम्प्यूटर	86
21	पिता का निधन	90
22	जेरूसलेम : वोल्फ पुरस्कार	92
23	स्टीफन-जेन में अलगाव	94
24	कम्प्यूटरीकृत व्हील चेयर	98
25	कृमि (वर्म) होल	102
26	एलियनों का अस्तित्त्व	104
27	भारत यात्रा	106
28	अंतरिक्ष यात्रा	109
29	स्टीफन की मृत्यु	111
30	स्टीफन के संदेश का प्रसारण	114
31	उपसंहार	117
	तेजज्ञान फाउण्डेशन की जानकारी	119-128

स्टीफन और भौतिक विज्ञान
àñVmdZm

वर्तमान युग को प्रगति के युग की संज्ञा दी जाती है। इस दौर में दिन-प्रतिदिन विकास के नए-नए आयाम देखने को मिलते हैं। विकास के इन सभी आयामों में भौतिक विज्ञान का एक विशेष स्थान है। हमारे दैनिक जीवन में प्रयोग होनेवाली अधिकतर वस्तुएँ भौतिक विज्ञान की ही देन हैं। भौतिक विज्ञान का स्वरूप अत्यंत रचनात्मक है। आज से कई वर्ष पहले हम जिन ग्रहों के बारे में जानते तक नहीं थे, आज वैज्ञानिक खोजों ने उन ग्रहों पर जीवन संभव होने के प्रमाण प्राप्त कर लिए हैं। इस विषय में सबसे अग्रीम नाम 'स्टीफन हॉकिंग' का आता है, जिन्हें वर्तमान युग के आइंस्टाइन के नाम से जाना जाता है। ब्रह्माण्ड के संबंध में की गई उनकी खोजों व भविष्यवाणियों ने संपूर्ण विश्व को चौंका कर रख दिया है।

विश्व के अत्यंत प्रतिभाशाली वैज्ञानिक 'स्टीफन हॉकिंग' ने साबित कर दिखाया कि जब उद्देश्य बड़ा हो, संकल्प दृढ़ हो और जीने के लिए उद्देश्यपूर्ण चाहत हो तो मौत को भी ठहरना पड़ता है। स्टीफन हॉकिंग के

साथ ठीक ऐसा ही हुआ। उन्होंने शारीरिक अक्षमताओं को पीछे छोड़ते हुए यह साबित कर दिखाया कि यदि इच्छा शक्ति दृढ़ हो तो इंसान कुछ भी कर सकता है।

उनका आरंभिक जीवन कठिनाइयों से भरा था। लेकिन फिर भी उन्होंने अपने वैज्ञानिक बनने के सपने को पूरा किया और विज्ञान जगत में अपना अमूल्य योगदान दिया। उनके योगदान के परिणामस्वरूप ऐसे अनेक विषयों पर खोज की गई, जिन पर पहले किसी ने खोज नहीं की थीं।

लेकिन २१ वर्ष की आयु में उनके साथ हुए एक हादसे ने उन्हें हमेशा के लिए व्हील चेयर पर बैठने पर मजबूर कर दिया। उन्हें 'मोटर न्यूरॉन' नामक भयानक अनुवांशिक बीमारी ने घेर लिया, जिसे देखकर डॉक्टरों ने अंदाजा लगाया कि वे ज्यादा से ज्यादा दो साल और जी सकते हैं। इस बीमारी के दौरान उनके शरीर के सभी अंगों ने धीरे-धीरे काम करना बंद कर दिया और एक दिन साँस की नली बंद हो जाने से उनकी मौत निश्चित थी। लेकिन स्टीफन ने स्वयं को संभाला और अपनी दृढ़ इच्छा शक्ति से काम लिया। उन्होंने घोषणा कर दी कि वे दो साल नहीं बल्कि अगले ५० साल तक जीवित रहकर दिखाएँगे और ऐसा ही हुआ। उसके बाद उनका शेष जीवन व्हील चेयर पर ही गुजरा।

उनके जीवन में अनेक क्षण ऐसे भी आए जब वे पूरे दिल से हँसते थे। हालाँकि उनकी यह हँसी हमेशा दुर्लभ ही रही। लेकिन कुछ अवसर ऐसे आए जब दुनिया, अंतरिक्ष, विज्ञान के अनसुलझे रहस्यों से अवगत करानेवाला यह व्यक्ति खुलकर हँस भी लिया करता था।

स्टीफन हॉकिंग ने अपने जीवन में अंतरिक्ष के अनेक रहस्यों से पर्दा उठाया। उन्होंने ब्लैक होल तथा बिग बैंग थ्योरी को समझाने में अहम भूमिका निभाई। उन्होंने इस संसार को अंतरिक्ष संबंधी अनेक सिद्धांत दिए। उनका IQ १६० था, जो किसी भी जीनियस इंसान से कहीं

अधिक था। उन्होंने सन् २००७ में अंतरिक्ष यात्रा भी की। अंतरिक्ष विज्ञान की ओर से वे शारीरिक तौर पर पूर्ण रूप से फिट पाए गए। उन्होंने अपना पूरा जीवन अपनी इच्छाशक्ति और दृढ़ संकल्प के विश्वास पर जीया। वे जीवन के अंतिम समय तक पढ़ाने के लिए विश्वविद्यालय जाते रहे। उन्हें अमरीका का, सबसे उच्च नागरिक सम्मान प्रदान किया जा चुका है। उनके पास १२ मानद उपाधियाँ थीं।

यह एक बहुत बड़ा संयोग है कि जिस दिन प्रसिद्ध खगोल विज्ञानी गैलीलियो का निधन हुआ था, उसके ठीक ३०० साल बाद, उसी तारीख को स्टीफन हॉकिंग का जन्म हुआ। यही नहीं, यह भी एक संयोग है कि महान वैज्ञानिक अल्बर्ट आइंस्टाइन के जन्म की तिथि के दिन ही स्टीफन हॉकिंग का निधन हुआ। यह तथ्य इस बात का प्रमाण है कि समय सदा गतिमान रहता है। उसके शुरू होने अथवा समाप्त होने की कोई अवधि नहीं होती।

उनके द्वारा कहे गए कथन आज भी अनेक लोगों के लिए प्रेरणा के स्रोत हैं-

'मैं अभी और जीना चाहता हूँ।'

इस कथन से स्पष्ट हो जाता है कि उन्होंने अपने जीवन को भरपूर रूप से जीया। वे इतनी जल्दी इस संसार से विदा नहीं लेना चाहते थे। लेकिन इस संसार में जन्म लेनेवाले प्रत्येक इंसान को एक न एक दिन इस नश्वर शरीर का त्याग करना ही पड़ता है।

उनका कहना था-

'मुझे सबसे अधिक खुशी इस बात की है कि मैंने ब्रह्माण्ड को समझने में अपनी भूमिका निभाई। इसके अनेक छिपे हुए रहस्यों से विश्व के लोगों को अवगत कराया और इस पर किए गए शोध कार्यों में अपना योगदान दे पाया। मुझे गर्व है कि लोग मेरे द्वारा किए गए कार्य को उत्सुकता से जानना चाहते हैं।'

अनेक लोग जीवन का सफर तय करते समय एक ऐसे मोड़ पर आकर खड़े हो जाते हैं, जहाँ से उन्हें आगे का जीवन निराश और नीरस लगने लगता है। लेकिन उनमें से केवल कुछ लोग ही अथम परिश्रम और लगन से अपने सपनों और लक्ष्यों को पूरा करने में सक्षम हो पाते हैं। स्टीफन हॉकिंग भी ऐसे लोगों में से थे जिन्होंने अपनी दिव्यांगता को अपने लक्ष्य के रास्ते की रुकावट नहीं समझा और अपने लक्ष्य की ओर अग्रसर रहा। उनका कहना था कि 'यदि कोई दिव्यांग है तो उसमें उसका कोई दोष नहीं। उसे दूसरों को भी दोष नहीं देना चाहिए। बस! अपने भीतर सकारात्मक विचारों को जन्म देना चाहिए और परिस्थितियों के अनुसार समाज को अपना योगदान देते रहना चाहिए। शारीरिक दिव्यांगता की अपेक्षा मानसिक दिव्यांगता इंसान को अधिक बीमार बनाती है।'

हमारी ओर से उन्हें नमन व श्रद्धांजली!

–संजय भोला 'धीर'

खण्ड १
स्टीफन का परिवार और बचपन

१

शिक्षित माता-पिता

स्टीफन के माता-पिता दोनों ही शिक्षित परिवारों से संबंध रखते थे। दोनों ने शिक्षा के क्षेत्र में महत्वपूर्ण उपलब्धियाँ हासिल कीं। उनके पिता का नाम फ्रैंक हॉकिंग था, वे एक रिसर्च बायोलॉजिस्ट थे। उनकी माँ का नाम इसाबेल हॉकिंग था। फ्रैंक और इसाबेल का मिलन दूसरे विश्व युद्ध के पश्चात एक चिकित्सा अनुसंधान में हुआ। इसाबेल वहाँ एक सचिव के रूप में कार्य करती थीं और फ्रैंक चिकित्सा अनुसंधानकर्ता के रूप में कार्य करते थे।

फ्रैंक इंग्लैंड में यॉर्कशायर नामक स्थान में रहते थे। उनके पिता का नाम रॉबर्ट पर्सी हॉकिंग था, जो कि एक प्रगतिशील किसान थे। यॉर्कशायर शहर खेती के लिए मशहूर था। लेकिन उस समय खेती के कार्य में काफी मंदी का दौर चल रहा था, जिसके कारण वे अपने पुत्र फ्रैंक को अच्छी प्रारंभिक शिक्षा के लिए किसी अच्छे स्कूल में दाखिल नहीं करा सके। फ्रैंक ने भी अपनी काबिलियत और मेहनत का परिचय देते हुए ऑक्सफोर्ड जैसे बड़े विश्वविद्यालय से उच्च शिक्षा ग्रहण की।

फ्रैंक की माँ का नाम मैरी लुंड एटकिंसन था। वे अपने घर पर ही नन्हें

बच्चों के लिए एक स्कूल चलाया करती थीं। फ्रैंक का जन्म १८ मई, १९०५ को हुआ था। वे बचपन से ही उच्च शिक्षा ग्रहण करके बहुत आगे जाना चाहते थे। वे अपने विचारों पर अडिग, अपने उसूलों के पक्के और दायित्वों को बखूबी निभाना जानते थे। उन्होंने ऑक्सफोर्ड विश्वविद्यालय से आयुर्विज्ञान में स्नातक की परीक्षा उत्तीर्ण की और उसके बाद उच्च शिक्षा के लिए सेंट बार्थोलोम्यू अस्पताल, लंदन में दाखिला लिया। वे मेडिसिन तथा कीमोथेरपी के क्षेत्र में कार्य करना चाहते थे। अत: उन्होंने अपने करियर की शुरुआत 'लिवरपूल स्कूल ऑफ ट्रॉपिकल मेडिसिन' से की। अपनी मेहनत और लगन से उन्होंने सफलतापूर्वक अनेक महत्वपूर्ण पद हासिल किए और अपने इरादों में विजयी हुए।

इसाबेल ग्लासगो, स्कॉटलैंड, यूनाइटेड किंगडम की निवासी थीं। वे एग्नेस 'नैंसी' तथा डॉक्टर जेम्स वाकर की संतान थीं। १२ वर्ष की आयु होने पर उनका परिवार डेवॉन स्थानांतरित हो गया। प्रारंभिक शिक्षा के बाद उन्होंने ऑक्सफोर्ड विश्वविद्यालय में दाखिला लिया। यह वह समय था जब कुछ ही महिलाओं को उच्च शिक्षा का अवसर मिलता था। यह भी माना जाता है कि उस समय ऑक्सफोर्ड विश्वविद्यालय में महिलाओं को शिक्षा प्राप्त करने की अनुमति नहीं थी। १९३० में उन्हें अपने कॉलेज की प्रथम महिला विद्यार्थी होने का अवसर प्राप्त हुआ। यह बहुत सम्मान की बात थी। इसाबेल ने दर्शन शास्त्र, राजनीति व अर्थ शास्त्र का अध्ययन किया।

अपनी शिक्षा समाप्त करने के पश्चात इसाबेल ने कई स्थानों पर नौकरी की। चूँकि वे एक ऑक्सफोर्ड ग्रेजुएट थीं, अत: उन्हें अच्छी नौकरी मिलने में कोई परेशानी नहीं हुई। कुछ समय नौकरी करने के दौरान जब वे एक मेडिकल रिसर्च इंस्टीट्यूट में सचिव के पद पर थीं तो उनकी मुलाकात फ्रैंक हॉकिंग से हुई। फ्रैंक भी ऑक्सफोर्ड ग्रेजुएट थे। दोनों की मुलाकातें बढ़ती गईं और उनके विचार आपस में मेल खाने लगे। अंतत: दोनों ने शादी कर ली। वह समय दूसरे विश्व युद्ध का था।

२

स्टीफन का जन्म

विवाह के बाद स्टीफन अपने माता-पिता की पहली संतान के रूप में जन्म लेनेवाले थे। जनवरी, १९४२ के आरंभ होते ही इसाबेल अपनी गर्भावस्था के अंतिम चरण में थीं। हॉकिंग दंपत्ति दूसरे विश्व युद्ध के दौरान जर्मनी में हो रही बमबारी से बचने के लिए ऑक्सफोर्ड जाकर बस गए। वैसे भी ऑक्सफोर्ड उनका जाना-पहचाना शहर था और सुरक्षा की दृष्टि से भी ठीक था।

उन्होंने यह निर्णय इसलिए लिया क्योंकि जर्मनी ने वहाँ बमबारी न करने का ऐलान कर दिया था। हिटलर की ओर से भी इस बात की आशंका जताई जा रही थी कि शायद वह ऑक्सफोर्ड या कैम्ब्रिज शहर को अपनी राजधानी बना लेगा। यह शहर अपने अनेक विश्वविद्यालयों के लिए प्रसिद्ध है, जिसने एक से बढ़कर एक वैज्ञानिक और महापुरुष इस संसार को दिए।

राजनीतिक दृष्टि से देखा जाए तो स्टीफन के जन्म का समय

काफी तनाव पूर्ण था। हॉकिंग दंपत्ति नहीं चाहते थे कि उनकी संतान इस माहौल में जन्म ले या किसी अन्य प्रकार से विश्व युद्ध का असर उनकी होनेवाली संतान पर पड़े। इसाबेल ने इसी डर से अपनी गर्भावस्था के अंतिम दिन एक होटल में व्यतीत किए। इस दौरान वह रोजाना सैर को जातीं और अपने आस-पास खुशनुमा माहौल बनाने का प्रयत्न करतीं।

८ जनवरी १९४२ को फ्रैंक और इसाबेल के घर एक नन्हें बालक ने जन्म लिया। हॉकिंग दंपत्ति ने अपने पुत्र का नाम **स्टीफन** रखा। अपनी पहली संतान के जन्म से वे बहुत खुश थे। अपने पुत्र के सुरक्षित रूप से जन्म देने के बाद उनका परिवार पुन: लंदन आ गया क्योंकि ऑक्सफोर्ड में उनके पास अपना स्थायी घर नहीं था। अत: वे लंदन स्थित अपने पुराने घर में आ गए और अपने पुत्र का पालन-पोषण करने लगे।

समय के साथ दूसरे विश्व युद्ध का संकटकाल भी समाप्त होने लगा। इस भीषण युद्ध में लंदन शहर बुरी तरह तबाह हो चुका था। लेकिन धीरे-धीरे वह फिर से बसने लगा और कुछ ही समय में सब कुछ फिर से सामान्य होता चला गया। स्टीफन हॉकिंग के जन्म के बाद सन् १९४३ में उनकी बहन का जन्म हुआ, जिसका नाम मैरी हॉकिंग रखा गया। उसके चार साल बाद १९४७ में उनकी दूसरी बहन का जन्म हुआ, जिसका नाम फिलिप्पा हॉकिंग रखा गया। फ्रैंक और इसाबेल अक्सर सोचा करते थे कि स्टीफन को बहनों का साथ तो मिल गया लेकिन भाई का साथ नहीं मिला। अत: उन्होंने सन् १९५६ में एक बच्चे को गोद लिया, जिसका नाम एडवर्ड था। इस प्रकार उनका परिवार अब कुल मिलाकर चार बच्चों का हो गया।

३

बचपन व प्रारंभिक शिक्षा

स्टीफन का बचपन साधारण बच्चों की तरह ही बीतना शुरू हुआ। आरंभिक शिक्षा में वे पढ़ाई में तेज़ नहीं थे। लेकिन वे जिस मकसद के लिए पैदा हुए थे, उसमें उन्हें भरपूर आनंद मिलता था। उन्हें गणित में बहुत रुचि थी। घर में सबसे बड़ा बच्चा होने के कारण भी उन्हें माता-पिता द्वारा पूरा सहयोग मिलता।

उन्हें प्रारंभिक शिक्षा के लिए लंदन के हाइगेट स्थित 'बेरॉन हाऊस स्कूल' में भर्ती कराया गया। लेकिन कुछ सालों बाद स्टीफन ने इस बात पर नाराजगी जताते हुए बताया कि उस स्कूल में छोटे बच्चों की ओर खास ध्यान नहीं दिया जाता था।

स्टीफन की हैंड-राइटिंग कुछ ज्यादा साफ नहीं थी। उनके माता-पिता का मानना था कि इसका कारण हाइगेट स्थित वह छोटा-सा किंडर-गार्टन स्कूल था, जिसमें स्टीफन बचपन में पढ़ने जाया करते थे। वहाँ उनकी पढ़ाई की ओर कोई विशेष ध्यान नहीं दिया गया, जिससे

उनके शब्दों की लिखावट कमज़ोर रह गई।

स्टीफन के माता-पिता हमेशा अपने बच्चों की शिक्षा का विशेष ध्यान रखते। शिक्षित परिवार से संबंध रखने के कारण स्टीफन के माता-पिता शिक्षा के महत्त्व को बखूबी समझते थे। वे नहीं चाहते थे कि स्टीफन की शिक्षा में किसी प्रकार की कमी आए।

स्टीफन का परिवार एक तीन मंजिला इमारत में बने घर में रहता था। यह एक पुराने तरीके का बना हुआ मकान था। इस मकान में एक बेसमेंट भी था, जिसमें मधुमक्खियाँ पाली हुई थीं। वे अपने खाली समय में ग्रीन हाऊस में आग जलाना पसंद करते थे व जलती हुई आग की चिंगारी को ध्यान से देखा करते थे। उनके परिवार में एक पुरानी कार भी थी, जो किसी ज़माने में लंदन की सड़कों पर एक टैक्सी के रूप में दौड़ा करती थी।

इसाबेल अक्सर गर्मी के दिनों में शाम होते ही अपने बच्चों के साथ घर के पिछवाड़े में बैठ जातीं और उनसे ज्ञान-विज्ञान के विषयों पर बातें किया करतीं। वे हमेशा स्टीफन के बारे में कहा करतीं, 'स्टीफन में आश्चर्यों को समझने की अद्‌भुत कला है। मैं यह अनुभव कर सकती हूँ कि एक दिन आसमान के तारे उसे अवश्य ही अपनी ओर खींचेंगे और उसका नाम भी इन तारों के साथ लिया जाएगा।'

फ्रैंक चाहते थे कि स्टीफन उच्च शिक्षा के लिए चिकित्सा के क्षेत्र में अध्ययन करे लेकिन स्टीफन का दिमाग विज्ञान और आकाश संबंधी गणनाओं में लगा रहता था।

उच्च शिक्षा के लिए स्टीफन का दाखिला 'सेंट एल्बनस स्कूल' में कराया गया क्योंकि पिछले स्कूल में केवल ११ वर्ष तक के लड़के ही शिक्षा ग्रहण कर सकते थे। इस स्कूल में दाखिला लेने से पहले उनके पिता ने स्टीफन के लिए छात्रवृत्ति की परीक्षा दिलाने के लिए 'वेस्टमिंस्टर स्कूल' में भी प्रयत्न किए। लेकिन उस समय स्टीफन बीमार हो गए और

शारीरिक रूप से अस्वस्थ होने के कारण वे उस स्कूल में परीक्षा के लिए नहीं जा सके।

इसी स्कूल में जेन वाइल्ड नाम की एक लड़की भी पढ़ा करती थी। जेन स्टीफन से दो वर्ष छोटी थी। वह अक्सर स्टीफन को स्कूल आते-जाते और उसकी विभिन्न गतिविधियों को देखा करती थी। जेन नाम की इस लड़की ने आगे चलकर स्टीफन के जीवन में एक महत्वपूर्ण भूमिका निभाई।

स्कूल के दौरान वे कभी खेलों में रुचि नहीं लेते थे। उन्हें डांस करना, साइकिल चलाना, संगीत सुनना, शतरंज खेलना, नौकायन व घुड़सवारी करना पसंद था। उनका मन विज्ञान के मॉडल बनाने में लगता था। उन्हें दोस्त बनाना भी पसंद था। यह उनके कुशल व्यवहार का ही एक अंग था, जिससे वे बहुत जल्द लोगों से संपर्क बना लेते थे। वे कभी-कभी अपने दोस्तों के साथ मिलकर 'ऑक्सफोर्ड बोट क्लब' में नौकायन के लिए चले जाते, उनके साथ मिलकर विभिन्न विषयों पर चर्चा करते तथा पढ़ाई में एक-दूसरे का साथ देते।

उनके दोस्तों में जॉन मैकलेनाहन, रोज़र फ्रेनीह्यूग, मिशेल चर्च तथा बासिल किंग के नाम विशेष रूप से उल्लेखनीय थे। स्कूल के दौरान उन पाँच दोस्तों का ग्रुप मिलकर मजे करता था। वे हर शनिवार या रविवार के दिन किसी एक के घर चले जाया करते और एक साथ मिलकर सारा दिन व्यतीत करते।

उन्हें बोर्ड गेम्स ज्यादा पसंद थे। उन्होंने स्कूल की शिक्षा के दौरान अपने दोस्त मिशेल चर्च के साथ मिलकर एक नया बोर्ड गेम बनाया था। इस गेम को बनाने में उनके एक अध्यापक ने उनकी मदद की थी। इस बोर्ड गेम को केवल स्टीफन और उनके दोस्त ही मिलकर खेला करते थे। इसे पासे फेंककर खेला जाता था। यह गेम बहुत मुश्किल थी। इस गेम को खेलने के लिए स्टीफन ने कई नियम भी बनाए। जिस प्रकार एक बड़ी कंपनी किसी

वस्तु का उत्पादन करती है, उसे इसके लिए कंपनी, ट्रांसपोर्ट, कच्चा माल, बाजार व्यवस्था तथा विक्रय जैसे अनेक विषयों पर ध्यान रखना होता है, ठीक उसी प्रकार इस गेम में भी अनेक नियमों को लागू किया गया था। वे जब भी इसे खेलने बैठते तो कई घंटों तक खेलते रहते।

कुछ समय पश्चात उन्होंने अपने दोस्तों के साथ मिलकर कम्प्यूटर के रिसाइकिल पार्ट से एक नया कम्प्यूटर बनाया था। यह कम्प्यूटर काम भी करता था। स्टीफन पढ़ाई के बाद इस पर गणित के जटिल से जटिल समीकरण हल किया करते। उन्हें विज्ञान संबंधी मॉडल बनाने में भी रुचि थी। वे अक्सर बेकार पड़ी चीज़ों में हेरफेर करके उसे किसी न किसी आकृति का रूप दे दिया करते, जिसे देखकर लोग अचंभित हो जाते।

एक बार उन्होंने अपने दोस्त जॉन मैकलेहान के साथ मिलकर हवाई जहाज और नौका के मॉडल भी तैयार किए। उनका मानना था कि उनके हाथों बनी हुई किसी नई चीज़ से वे बेहद लगाव महसूस करते हैं क्योंकि उसकी रचना उन्होंने स्वयं की होती है। वह चीज़ कैसे बनी, कैसे चलती है, कैसे काम करती है, उसके नियम व सिद्धांत क्या हैं आदि के बारे में केवल वही जानता है जो उसका निर्माण करता है।

वे इसी प्रकार की सोच ब्रह्माण्ड के विषय में भी रखते थे। अपने बनाए हुए मॉडलों की तरह वे सोचा करते थे कि बह्माण्ड की रचना किसने की है? वह कैसे काम करता है? उसके नियम व सिद्धांत किसने बनाए होंगे? उसका विस्तार कितना है? उसे किस प्रकार नियंत्रित किया जा सकता है? क्या ब्रह्माण्ड से बाहर भी कोई दुनिया हो सकती है? ऐसे अनेक प्रश्न उनके मन में अक्सर घूमते रहते थे।

उनका स्वभाव आरंभ से ही दूसरों से कुछ हटकर था। यहाँ तक कि वे डिनर टेबल पर बैठकर भी परिवार के सदस्यों से ज्यादा बातें नहीं करते थे। वे कोई न कोई पुस्तक पढ़ते रहते और खाना समाप्त करते। खाली समय में संगीत सुनते या शतरंज खेलते। स्कूल व विश्वविद्यालय के दौरान उन्हें

एक अच्छे विद्यार्थी के रूप में जाना जाता था। लेकिन ऐसा भी नहीं था कि वे पढ़ाई में सबसे बेहतर थे।

उनके स्कूल में मिस्टर डिकरन तहता नाम के एक अध्यापक थे। उन्होंने स्टीफन में छिपी तीव्र बुद्धिमत्ता को पहचाना और उसे लोगों के सामने लाने में बहुत मदद की। जिस समय स्टीफन अपने दोस्तों के साथ मिलकर कम्प्यूटर का निर्माण कर रहे थे, ऐसे में मिस्टर तहता ने इस कार्य को अंजाम देने में उनकी भरपूर सहायता की। मिस्टर तहता स्कूल के दौरान होनेवाली अनेक गतिविधियों में स्टीफन का मार्गदर्शन करते। वे विज्ञान संबंधी होनेवाली सेमिनारों तथा अनेक सम्मेलनों में स्टीफन को भाग लेने के लिए प्रोत्साहित करते। धीरे-धीरे मिस्टर तहता और स्टीफन के बीच संबंधों की कड़ी मजबूत होती चली गई और वे स्टीफन के लिए एक आदर्श अध्यापक बनकर उभरे।

यही नहीं, उन्होंने सवालों को हल करने में इतनी निपुणता हासिल कर ली थी कि कभी-कभी तो पुस्तक में लिखे सवालों के बारे में भी अपने अध्यापकों को बताया करते कि वे सवाल गलत तरीके से लिखे गए हैं।

जब स्टीफन की स्कूल की शिक्षा समाप्त होने जा रही थी, तब तक गणित व विज्ञान जैसे विषयों पर उनकी अच्छी पकड़ हो चुकी थी। वे गणित के जटिल से जटिल सवालों को पलभर में हल कर देते। वे भौतिकी के समीकरणों को भी आसानी से समझ लेते थे।

साधारण बालक के रूप में उनकी असाधारण बुद्धिमत्ता से उनके मित्र ही नहीं बल्कि अध्यापक भी परिचित होने लग गए थे। वे आगे की पढ़ाई के लिए भी गणित तथा विज्ञान को ही अपना प्रिय विषय बनाने की सोच रहे थे।

४

ऑक्सफोर्ड में प्रथम श्रेणी

स्टीफन असाधारण स्तर के बुद्धिमान व्यक्ति थे। स्कूल की शिक्षा समाप्त करने के बाद वे आगे की शिक्षा के लिए किसी अच्छे संस्थान की तलाश में थे। स्टीफन के हाईस्कूल के अंतिम वर्ष के दौरान उनके पिता को नौकरी के लिए भारत में आकर रहना था। यह उनके संस्थान के साथ समझौते का नियम था, जिसे वे तोड़ नहीं सकते थे। स्टीफन ने अपने पिता के एक मित्र के घर रहकर अपने स्कूल का अंतिम वर्ष पूरा किया।

माता-पिता ने स्टीफन की आगे की शिक्षा के लिए उनका दाखिला ऑक्सफोर्ड विश्वविद्यालय में कराने की सोची। हालाँकि ऑक्सफोर्ड बहुत महँगा विश्वविद्यालय था। स्टीफन के पिता ने भारत में रहते हुए एक बार पुन: छात्रवृत्ति के लिए प्रयास किए। स्कूल के प्रिंसिपल ने उन्हें सलाह दी की यदि स्टीफन अगले वर्ष छात्रवृत्ति की परीक्षा दें तो बेहतर होगा। इसका कारण यह था कि इस दौरान वे छात्रवृत्ति की परीक्षा के लिए अच्छी तरह तैयारी कर सकते थे। लेकिन स्टीफन समय बरबाद नहीं

करना चाहते थे। वे उसी वर्ष छात्रवृत्ति की परीक्षा देने की तैयारी में जुट गए। इस परीक्षा में उनकी कक्षा के दो मित्र भी शामिल थे।

गणित और विज्ञान में वे किसी से कम नहीं थे। अत: परीक्षा का परिणाम ऐसा आया जिसे देखकर हर कोई आश्चर्य में पड़ गया। उसके बाद इंटरव्यू का समय था। ऑक्सफोर्ड के शिक्षा अधिकारियों द्वारा लिए गए इंटरव्यू में भी वे पूरी तरह सफल रहे और अंतत: ऑक्सफोर्ड में दाखिले के लिए चुन लिए गए।

वे गणित को अपने प्रिय विषय के रूप में लेना चाहते थे। लेकिन उस समय ऑक्सफोर्ड विश्वविद्यालय में गणित में कोई भी विशिष्ट डिग्री कोर्स उपलब्ध नहीं था। अत: उन्होंने भौतिक विज्ञान का चयन किया। उनके पाठ्यक्रम का नाम 'नैचुरल साइंस ऑनर्स' था।

इस प्रकार सन् १९५९ में उन्होंने भी अपने पिता की ही भाँति ऑक्सफोर्ड विश्वविद्यालय की राह पकड़ी। उस समय उनकी आयु १७ वर्ष थी। उस शहर में लगभग ४० विश्वविद्यालय थे। ऑक्सफोर्ड की शैक्षिक पद्धति में एक वर्ष में आठ सप्ताह की अवधिवाले तीन सत्र हुआ करते थे। इस प्रकार तीन वर्ष के बाद फाइनल परीक्षा होती थी। स्टीफन ने अपनी बुद्धिमत्ता का परिचय देते हुए उस पाठ्यक्रम का गहराई से अध्ययन किया। उन्हें लगा कि उस प्रकार तो उन्हें अधिक मेहनत करने की आवश्यकता ही नहीं और इस पाठ्यक्रम में वे आसानी से अपने सहपाठियों के मुकाबले अच्छे अंक प्राप्त कर सकते हैं।

आरंभ में उन्हें यहाँ का माहौल बहुत अजीब लगा। लेकिन समय के साथ-साथ पढ़ाई में उनकी रुचि बढ़ती गई और वे विज्ञान संबंधी विषयों को बखूबी समझने लगे। वे शिक्षकों द्वारा पढ़ाए गए विषयों को बारीकी से समझते और उनके बारे में नोट्स बनाते। कभी-कभी तो ऐसा भी होता था कि वे पुस्तकों में से भी कई अनसुलझे पहलुओं को निकाल लेते और अपने शिक्षकों से इसके बारे में चर्चा करते। उनकी इस सोच से

यह बात साबित हो गई कि वे बहुत आगे निकलनेवाले थे।

ऑक्सफोर्ड विश्वविद्यालय शिक्षा के अलावा कई प्रकार की गतिविधियों का केंद्र था। इन्हीं गतिविधियों में नौकायन को भी एक विशेष स्थान प्राप्त था। विश्वविद्यालय की रोविंग टीम प्रतिवर्ष नौकायन की प्रतियोगिताओं में भाग लिया करती थी। इन प्रतियोगिताओं में दूसरे विश्वविद्यालयों की टीमें भी भाग लेती थीं। स्टीफन को भी नौकायन पसंद था इसलिए वे सहर्ष इस टीम के सदस्य बन गए और एक निर्देशक के रूप में टीम के अन्य सदस्यों को दिशा-निर्देशन करने लगे। उन्हें नौकायन की प्रतियोगिताओं में खेल को नियंत्रित करने में बहुत आनंद मिलता था। इस दौरान अनेक गणमान्य लोगों व सभी अध्यापकों से भी उनकी अच्छी जान-पहचान होती गई। वे हर किसी के साथ मुस्कुराते हुए बात करते। उन्हें लंबे बाल रखने का शौक था। यही लंबे बाल उनकी पहचान बनते गए। वे अपने आप में मस्त रहनेवाले युवक थे। कुल मिलाकर वे बहुत जल्द वहाँ के वातावरण में अच्छी तरह घुलमिल गए और अपने काम में मौलिक होते गए।

भौतिकी विज्ञान की कक्षा में उनके साथ केवल तीन अन्य विद्यार्थी थे। अक्सर उनमें किसी न किसी बात पर शर्त लग जाती और स्टीफन उसे जीत जाते। एक बार उनके गणित के अध्यापक ने उनकी कक्षा को कुछ सवाल हल करने के लिए दिए। उनके बाकी तीनों सहपाठी एक सप्ताह तक मात्र दो या तीन सवाल ही हल कर पाए थे लेकिन स्टीफन बिना किसी खौफ के घूमते रहे। जब अगले दिन अध्यापक ने उनका काम जाँचना था तो स्टीफन ने लंच समय से पहले बैठकर ही ८-९ सवालों को हल कर दिया। उनकी दिलचस्पी ऐसी बातों में ज्यादा होती थी कि कोई चीज़ कैसे काम करती है, उसके साथ ऐसे कैसे संभव होता है तथा उसका दीर्घकालीन प्रभाव क्या हो सकता है।

चूँकि वे ब्रह्माण्ड संबंधी विषयों में गहरी रुचि लेते थे, अतः ऑक्सफोर्ड के अंतिम वर्ष में उन्होंने कॉस्मोलॉजी को अपने प्रमुख विषय

के रूप में चुना। हालाँकि यह एक कठिन विषय था लेकिन उन्होंने हार नहीं मानी। कॉस्मोलॉजी, खगोल विज्ञान की एक शाखा होती है, जिसमें ब्रह्माण्ड संबंधी विषयों पर शिक्षा दी जाती है। उन्हें इस विषय के अंतर्गत खगोल विज्ञान से संबंधित सभी बातों का अध्ययन करना था, जो कि उनका सबसे पसंदीदा विषय था। वे उत्सुक थे कि वे इस विषय के अंतर्गत ब्रह्माण्ड के बनने की प्रक्रिया के बारे में विस्तार से जान सकेंगे और उसके रहस्यों की तह तक जा सकेंगे। वैसे भी आइंस्टाइन द्वारा दिए गए सापेक्षता सिद्धांत (थियोरी ऑफ रिलेटिविटी) के बाद से कॉस्मोलॉजी का विषय तेज़ी से उभरते हुए सामने आया।

उन्होंने ऑक्सफोर्ड विश्वविद्यालय से प्राकृतिक विज्ञान में 'ऑनर्स नैचुरल साइंस' में स्नातक की परीक्षा पास करने के बाद आगे की शिक्षा के लिए भी पहले से ही योजना बना रखी थी। वे उच्च शिक्षा के लिए कैम्ब्रिज विश्वविद्यालय जाना चाहते थे। वहाँ दाखिले के लिए उनका ऑक्सफोर्ड से प्रथम श्रेणी में उत्तीर्ण होना ज़रूरी था क्योंकि इसके बिना उन्हें कैम्ब्रिज में दाखिला नहीं मिल सकता था। वे कैम्ब्रिज गए और वहाँ जाकर सर फ्रेड हॉयल से मिले, जो कि उस समय के विख्यात खगोल शास्त्री थे। उन्होंने खगोल विज्ञान तथा गुरुत्वाकर्षण संबंधी अनेक सिद्धांतों का प्रतिपादन किया था।

स्टीफन ने सर फ्रेड हॉयल को अपने भविष्य की योजनाओं के बारे में विस्तार से बताया और उनसे मदद माँगी। सर फ्रेड हॉयल ने कहा, 'मैं इस मामले में तुम्हारी कोई मदद नहीं कर सकता। इस संस्थान में प्रवेश केवल इसी शर्त पर मिल सकता है, यदि तुम ऑक्सफोर्ड से प्रथम श्रेणी में पास होकर यहाँ दाखिले के लिए आवेदन करो। अन्यथा यहाँ कोई तुम्हारी मदद नहीं कर सकता।' उनकी बात सुनकर स्टीफन सोच में पड़ गए। वे जानते थे कि ऑक्सफोर्ड से प्रथम श्रेणी में उत्तीर्ण होना बहुत मुश्किल काम है। लेकिन उन्हें ऑक्सफोर्ड के पाठ्यक्रम का पूरी तरह अंदाजा था। उन्होंने तुरंत कैम्ब्रिज में दाखिले के लिए अपना आवेदन पत्र दाखिल कर दिया।

स्टीफन ने एक बार पुन: अपनी बुद्धिमत्ता का परिचय देते हुए पाठ्यक्रम का बारीकी से अध्ययन किया। उन्होंने देखा कि परीक्षा में कई सवाल और उदाहरण इस प्रकार दिए जाते हैं, जिनमें से विद्यार्थियों को कुछ सवालों को हल करने की छूट मिलती है। परीक्षा का समय नजदीक आता जा रहा था और उनका कौतुहल बढ़ता जा रहा था। उन्होंने जमकर पढ़ाई की और पूरी लगन से अपने आपको परीक्षा के लिए तैयार किया।

लिखित परीक्षा में साधारण स्तर के प्रश्न ही पूछे गए थे। उन्होंने अपनी ओर से पूरी लगन से परीक्षा दी लेकिन कुछ अंकों से वे प्रथम श्रेणी में आने से चूक गए। इसके बाद मौखिक परीक्षा की बारी थी। स्टीफन के सहपाठियों में रिचर्ड ब्रायन तृतीय श्रेणी तथा डेरेक पॉउनी व गॉरडेन बेरी दूसरी श्रेणी में उत्तीर्ण हुए। सभी मित्र भविष्य की चिंता में विचार विमर्श कर रहे थे।

अब स्टीफन के सामने यह समस्या थी कि वे मौखिक परीक्षा में अधिक से अधिक अंक कैसे हासिल करें। उन्होंने एक बार पुन: बुद्धि से काम लिया और बारीकी से पाठ्यक्रम का अध्ययन किया। मौखिक परीक्षा के दिन परीक्षकों ने उनकी भविष्य की योजना के बारे में पूछा। स्टीफन ने आत्मविश्वास के साथ जोश भरे शब्दों में कहा, 'यदि मैं प्रथम श्रेणी में उत्तीर्ण हो गया तो कैम्ब्रिज में जाऊँगा, नहीं तो ऑक्सफोर्ड में रहकर ही आगे की पढ़ाई करूँगा। मुझे आशा है कि मैं प्रथम श्रेणी में ही उत्तीर्ण होकर दिखाऊँगा।' उनके मुख से ऐसा आत्मविश्वास भरा जवाब सुनकर परीक्षक तथा सहपाठी भी हैरान रह गए। स्टीफन के द्वारा दिया गया जवाब भी अत्यंत सराहनीय था। उनका इतने आत्मविश्वास से कहा गया यह वाक्य पूरे विश्वविद्यालय में लोकप्रिय हो गया। उन्होंने मौखिक परीक्षा में सभी परीक्षकों द्वारा पूछे गए प्रश्नों के सही और सटीक उत्तर दिए, जिसका परिणाम यह हुआ कि वे सन् १९६२ में ऑक्सफोर्ड विश्वविद्यालय से प्राकृतिक विज्ञान में ऑनर्स के साथ प्रथम श्रेणी में उत्तीर्ण हुए।

५

कैम्ब्रिज में दाखिला

स्टीफन ऑक्सफोर्ड से स्नातक की शिक्षा पूरी कर कैम्ब्रिज आ गए। यहाँ रहकर वे कॉस्मोलॉजी विषय में पी. एच. डी. करना चाहते थे। सन् १९६२ में कैम्ब्रिज विश्वविद्यालय में दाखिला लेने के बाद उनके जीवन में अनेक प्रकार के उतार-चढ़ाव आए। उन्होंने शांत मन से अपनी आगे की पढ़ाई जारी रखी। यहाँ से उनके जीवन के एक नए अध्याय की शुरुआत हुई। यहाँ दाखिला लेते ही लोगों को उनकी प्रतिभा के बारे में पता लगने लगा। उस समय भारतीय वैज्ञानिक 'जयंत नार्लीकर' स्टीफन के घर के पास ही रहते थे। उनसे स्टीफन की अच्छी जान-पहचान थी। जयंत नार्लीकर ने ही स्टीफन को सलाह दी थी कि वे अपना शोध प्रोफेसर हॉयल के दिशा निर्देश में रहकर पूरा करें। स्टीफन भी यही चाहते थे कि वे प्रोफेसर हॉयल की छत्रछाया में रहकर अपना शोध पूरा करें। लेकिन प्रोफेसर हॉयल के पास समय नहीं था क्योंकि उनके पास पहले से ही शोध करनेवाले अनेक छात्र थे। यही नहीं, प्रोफेसर हॉयल कैम्ब्रिज के अलावा अमरीकन विश्वविद्यालय की विविध परियोजनाओं से जुड़े हुए

थे, जिस कारण उनके पास समय का अभाव था।

स्टीफन का मन निराशा से भर गया। लेकिन इस विषय में कुछ किया नहीं जा सकता था। उन्हें कैम्ब्रिज के एक अन्य अध्यापक डॉक्टर डेनिस विलियम सियहोउ स्कियामा के अधीन रहते हुए अपना शोध पूरा करना था। डॉक्टर स्कियामा एकमात्र ऐसे अध्यापक थे जो कैम्ब्रिज में कॉस्मोलॉजी पढ़ाते थे। उन्होंने 'द यूनिटी ऑफ द यूनिवर्स' नामक एक पुस्तक का लेखन भी किया था।

स्टीफन ने अपना शोध कार्य आरंभ किया और उसमें व्यस्त होते गए। उन्हें डॉक्टर स्कियामा की ओर से आधारभूत ढाँचा मिल गया और समय-समय पर अपने शोध के बारे में आवश्यक दिशा निर्देश मिलते रहे। बाकी का काम उन्हें स्वयं करना था। स्टीफन को डॉक्टर स्कियामा की यह नीति अच्छी लगती थी कि वे अपने छात्रों को स्वतंत्र रूप से कार्य करने की अनुमति देते थे। उनका मानना था कि इस तरह से प्रत्येक छात्र के भीतर सृजनात्मकता का विकास होता है।

६

मोटर न्यूरॉन की बीमारी

कैम्ब्रिज में स्टीफन के दो वर्ष अच्छे बीते। तीसरा वर्ष आरंभ होते ही स्टीफन को शारीरिक रूप से कुछ अस्वस्थता महसूस होने लगी। उन्होंने अनेक बार महसूस किया कि वे चलते हुए लड़खड़ा जाते थे, किसी चीज़ को पकड़ते या उठाते समय उनके हाथों में कमज़ोरी आ जाती थी और सीढ़ियाँ चढ़ते समय सिर भी चकराता था। एक बार सीढ़ियाँ चढ़ते समय वे लड़खड़ा गए और नीचे गिर पड़े।

सन् १९६३ से पूर्व, स्टीफन अपनी बीमारी के सभी लक्षणों को नज़रअंदाज करते रहे। उन्होंने कभी इसके बारे में परिवार अथवा मित्रों से जिक्र भी नहीं किया। दिसंबर महीने के दौरान कैम्ब्रिज में छुट्टियाँ चल रही थीं। उस समय स्टीफन अपने माता-पिता के पास घर आए हुए थे। एक दिन परिवार ने मिलकर पिकनिक का प्रोग्राम बनाया। वे सब स्केटिंग करने के लिए गए। लेकिन वहाँ भी स्टीफन के साथ एक हादसा हुआ और वे स्केटिंग करते हुए गिर गए। इस बार उनके माता-पिता को चिंता

हुई कि जरूर स्टीफन के साथ कोई शारीरिक परेशानी है, जो ऊपर से दिखाई नहीं दे रही। १९६३ में जब उनके पिता को उनके इस रोग का पता चला तो वे तुरंत स्टीफन को डॉक्टर के पास ले गए और उनकी जाँच करवाई।

उस समय स्टीफन की बहन मैरी सेंट बारथोलोम्यु हॉस्पिटल में डॉक्टरी ट्रेनिंग ले रही थी। उसने सुझाव दिया कि स्टीफन को भी जाँच के लिए उसी हॉस्पिटल में दिखाया जाए।

जाँच के दौरान अनेक प्रकार के टेस्ट किए गए। उनके शरीर के सभी अंगों का एक-एक करके बारीकी से परीक्षण किया गया। स्टीफन को लगभग १५ दिनों तक डॉक्टरी जाँच के लिए उस अस्पताल में रहना पड़ा। अंत में डॉक्टरों ने सभी रिर्पोट्स के आधार पर निष्कर्ष निकाला कि स्टीफन एक गंभीर बीमारी की चपेट में आ चुके हैं, जो मोटर न्यूरॉन का ही एक रूप होता है। इस बीमारी को एमियोट्राफिक लैटरल स्क्लेअरोसिस के नाम से जाना जाता है।

डॉक्टरों द्वारा रिपोर्ट के नतीजे सुनकर स्टीफन के होश उड़ गए। साथ ही परिवार के सभी सदस्य भी चौंक गए। स्टीफन मन ही मन काँपने लगे और इस बीमारी के भयानक परिणामों के बारे में सोचकर उनके हाथ-पैर फूलने लगे क्योंकि इस असाध्य बीमारी का कोई इलाज नहीं था और मौत किसी भी समय उनका दरवाजा खटखटा सकती थी। स्टीफन हॉकिंग नाम का २१ वर्ष का नौजवान जब दुनिया बदलने का सपना देख रहा था तो कुदरत ने अचानक उसे एक ऐसा झटका दिया कि उसके सारे सपने मानो बिखर गए।

शुरुआत में उन्हें ऐसा लग रहा था कि यह कोई मामूली सी परेशानी या बीमारी होगी, जिसके कारण वे शारीरिक रूप से कमज़ोरी महसूस कर रहे हैं। लेकिन डॉक्टरों के मुँह से ऐसी खतरनाक बीमारी के बारे में सुनकर उनकी हालत ऐसी हो गई, जैसे उन्हें मौत से पहले ही मौत

आ गई हो। उनके दिमाग में अनेकों प्रश्नों की झड़ी लग गई, 'मुझे यह बीमारी क्यों हुई? पता नहीं मैं कितने दिन जीवित रह सकूँगा? क्या मुझे मौत का इंतजार करते हुए एक-एक दिन काटना पड़ेगा? क्या मुझे दूसरों की दया का पात्र बनकर रहना होगा? मेरे लक्ष्य का क्या होगा, जिसके लिए मैं इस दुनिया में आया था? मेरी शिक्षा व मेरे शोध का क्या होगा? मैं अपनी पी. एच. डी. भी पूरी कर पाऊँगा या नहीं? मैं पागल तो नहीं हो जाऊँगा? मैं इस दुनिया और समाज के लिए बहुत कुछ करना चाहता था, उसका क्या होगा? मैं तो जेन से विवाह करने के सपने देख रहा था, उसका क्या होगा?' ऐसे अनेक विचारों से उनका दिमाग फटने लगा था।

डॉक्टरों ने इस बीमारी के बारे में स्पष्ट करते हुए उनके माता-पिता को बताया कि साधारणतः इस बीमारी को 'लाऊ गेहरिग' के नाम से जाना जाता है। आमतौर पर यह देखा गया है कि यह बीमारी बहुत कम लोगों को होती है, जिसके अंतर्गत रोगी अपने शरीर से अपना नियंत्रण खोने लगता है। लेकिन उन्होंने एक खास बात यह भी बताई कि इस बीमारी से ग्रस्त रोगी का दिमाग हमेशा तरोताजा रहता है यानी यह बीमारी उसके दिमाग पर किसी प्रकार का असर नहीं डालती।

एन. एच. एस. के अनुसार यह एक असाधारण स्थिति होती है, जो दिमाग और तंत्रिका पर असर डालती है। इससे शरीर में कमज़ोरी पैदा होती है जो समय के साथ-साथ बढ़ती चली जाती है। यह बीमारी हमेशा जानलेवा होती है और किसी भी इंसान के जीवनकाल को सीमित बना देती है। हालाँकि कुछ लोग लंबा जीवन जीने में कामयाब हो जाते हैं। स्टीफन के मामले में भी कुछ ऐसा ही चमत्कार हुआ था। इस बीमारी का कोई इलाज मौजूद नहीं था लेकिन ऐसे इलाज मौजूद थे जो रोजमर्रा के जीवन पर पड़नेवाले इसके असर को सीमित बना सकते थे।

मोटर न्यूरॉन स्थिति एक असाधारण बीमारी है। यह आमतौर पर ६० और ७० वर्ष की आयु में शरीर पर हमला करती है। लेकिन यह सभी उम्र के लोगों को हो सकती है। यह बीमारी दिमाग और तंत्रिका कोशिकाओं

में परेशानी पैदा होने के कारण होती है। ये कोशिकाएँ समय के साथ काम करना बंद कर देती हैं। लेकिन चिकित्सा विज्ञान में इस बात का अभी तक खुलासा नहीं किया जा सका कि यह कैसे संभव होता है। जिन लोगों को मोटर न्यूरॉन अथवा फ्रौंटोटैम्प्रल डेमेंशिया की बीमारी होती है, उनसे करीबी संबंध रखनेवाले लोग भी इस बीमारी की चपेट में आ सकते हैं। लेकिन ज्यादातर मामलों में यह परिवार के एक से अधिक सदस्यों को नहीं होती।

डॉक्टरों ने स्टीफन के परिवार को यह भी बताया कि इस बीमारी में रोगी को भावनात्मक सहारे की भी आवश्यकता होती है। यह बीमारी समय के साथ बढ़ती जाती है। और चलने-फिरने, खाना निगलने तथा साँस लेने में भी कठिनाई होती है। यह बीमारी किसी इंसान को उसके अंतिम पड़ाव तक कब ले जाए, यह उस इंसान की स्थिति पर निर्भर करता है। डॉक्टरों ने स्टीफन के माता-पिता को कुछ आवश्यक निर्देश दिए। कुछ अन्य नतीजों के आधार पर यह भी निष्कर्ष निकाला गया कि स्टीफन ज्यादा से ज्यादा दो से तीन वर्ष ही जीवित रह सकते हैं।

कई दिनों तक अस्पताल में रहने के बाद स्टीफन को घर वापस लाया गया। स्टीफन इस दुनिया में किसी खास मकसद से आए थे। लेकिन भाग्य ने उनके साथ ऐसा खेल रचा, जिससे वे अपने मकसद को पूरा करने में अपाहिज महसूस कर रहे थे। वे उदास होकर घर के किसी कोने में बैठे दिखाई देते। उदास संगीत सुना करते। कभी-कभी शराब भी पिया करते। वे न तो किसी से मिलने जाते और न ही उनके चेहरे पर प्रसन्नता के भाव आते। कुल मिलाकर उन्होंने स्वयं को घुट-घुटकर जीने पर मजबूर कर लिया। उनके माता-पिता उनकी देखरेख में कोई कमी न छोड़ते। वे हमेशा उसे खुश रखने का प्रयास करते तथा उसकी बीमारी से हटकर दूसरे विषयों में उसका दिमाग उलझाने की कोशिश करते।

स्टीफन का सपना

इस दौरान स्टीफन ने अपने साथ बीते हुए कुछ ऐसे अनुभवों पर

भी गहराई से विचार किया जिसने उनके जीवन की दिशा बदल दी। जिस समय वे अपने रोग के परीक्षणों के लिए अस्पताल में भर्ती थे तो एक अन्य मरीज भी उनके कमरे में भर्ती था। वह रोगी 'ल्यूकीमिया' से पीड़ित था। दूसरे अर्थों में इस बीमारी को ब्लड कैंसर के नाम से जाना जाता है। वह मरीज बीमारी से लड़ते हुए जीवन के लिए संघर्ष कर रहा था। उसकी पीड़ा को देखते हुए स्टीफन को महसूस हुआ कि वह व्यक्ति उनसे कहीं अधिक पीड़ा झेल रहा था। उसके सामने तो उनकी पीड़ा कुछ भी नहीं थी। इस घटना को याद करके उनके मन में एक नई ऊर्जा का संचार हुआ।

जब वे अस्पताल से घर आ गए तो एक दिन उन्हें एक सपना आया। सपने में उन्होंने देखा कि वे मरने की अवस्था में हैं। इस सपने ने उनकी सोच को एक नई दिशा प्रदान की। वे अपनी मृत्यु को भूल गए और यह सोचने लगे कि उनके पास जितना भी जीवन शेष बचा है, वे इसमें भी बहुत कुछ कर सकते हैं।

अन्य शब्दों में यह भी कहा जा सकता है कि उनके महान बनने में उनकी बीमारी एक महत्वपूर्ण कारण बनी। स्टीफन का स्वयं का कहना था कि जब तक डॉक्टरों ने उनकी बीमारी के बारे में स्पष्ट रूप से पता नहीं लगा लिया था, तब तक उनका जीवन बिलकुल नीरस था। उनका मन पढ़ाई में भी नहीं लगता था। लेकिन जब उन्हें पता चला कि वे केवल कुछ ही समय जीवित रह पाएँगे तो उन्होंने अपना पूरा ध्यान अपने काम और शोध कार्यों में लगाने की सोची। इससे वे बचे हुए जीवन व समय का भरपूर उपयोग कर सकते थे।

इधर डॉक्टरों का ऐसा मानना था कि कुछ दिनों तक उनकी बीमारी में किसी प्रकार की दुविधा नहीं आ सकती। लेकिन स्टीफन की स्थिति बिगड़ने लगी। इसके बावजूद उन्होंने अपनी बीमारी को अपनी सोच पर हावी नहीं होने दिया। उन्होंने सोचा कि इस प्रकार के नीरस जीवन जीने से कोई लाभ नहीं। उन्होंने भविष्य की चिंता करनी छोड़ दी और बचे हुए

जीवन का सदुपयोग करने की योजना बनाने लगे। वे अपना बचा हुआ जीवन लोक कल्याण और समाज की भलाई के लिए अर्पित करना चाहते थे। अब उन्हें मौत का भय नहीं रहा। उनके दिमाग में ज्ञान रूपी जितना भी खजाना भरा हुआ था, अब वे उसे दूसरों पर खर्च करने के लिए तैयार थे। उन्होंने सोच लिया था कि ऐसा करते हुए वे यदि इस संसार से चले भी गए तो उन्हें गम नहीं होगा।

यह सोचते ही उनका मन हर्षित हो उठा। उन्हें लगा कि अब वह अवसर आ गया है, जब वे अपने अधूरे सपनों को पूरा कर सकते हैं। वैसे भी जब उन्हें पता चला कि वे ज्यादा से ज्यादा दो से तीन वर्ष के मेहमान हैं तो इतना तो तय था कि वे इस अवधि में अपना शोध तो यकीनन पूरा कर सकते थे। अत: वे अपनी पढ़ाई पूरी करने कैम्ब्रिज आ गए। अब वे लड़खड़ाकर गिरने की स्थिति से बचने के लिए छड़ी की मदद से चलते थे।

स्टीफन के पिता उनके दिशा निर्देशक डॉक्टर स्कियामा से मिलना चाहते थे। उन्होंने डॉक्टर स्कियामा को स्टीफन की बीमारी से अवगत कराया और उनसे प्रार्थना की कि वे शीघ्र से शीघ्र उसका शोध पूरा करवाने में मदद करें। लेकिन डॉक्टर स्कियामा अपने उसूलों के पक्के व्यक्ति थे। वे किसी भी कीमत पर पी. एच. डी. के लिए शोध जैसे महत्वपूर्ण कार्य पर समझौते के लिए तैयार नहीं हुए। उनका कहना था कि 'यदि स्टीफन का शोध मानकों के अनुरूप होगा, तभी उसे उपाधि के लिए पारित किया जाएगा।' डॉक्टर स्कियामा के विचार सुनकर उनके पिता को धक्का लगा। लेकिन स्टीफन ने स्थिति को संभाला और अपने पिता व डॉक्टर स्कियामा को आश्वासन दिया कि वे शोध पूरा करने में कोई कमी नहीं छोड़ेंगे।

७

स्टीफन और जेन का विवाह

जेन का पूरा नाम जेन बेरिल विल्डे था। उसका जन्म २९ मार्च, १९४४ को हुआ था। हाई स्कूल पास करने के बाद वह भी ऑक्सफोर्ड अथवा कैम्ब्रिज आकर उच्च शिक्षा ग्रहण करना चाहती थी। लेकिन उसका आवेदन रद्द कर दिया गया था। अत: उसने लंदन में वेस्टफील्ड स्थित महिला आर्ट कॉलेज से फ्रैंच तथा स्पैनिश भाषा सीखने के कोर्स में दाखिला ले लिया।

जेन और स्टीफन की मुलाकात १९६२ में एक पार्टी में हुई। यह पार्टी स्टीफन के पुराने मित्रों ने नए वर्ष के उपलक्ष्य में रखी थी। जेन को भी इस पार्टी में आमंत्रित किया गया था। जेन आम लड़कियों से हटकर थी। वह स्वभाव से शर्मीली थी और अधिकतर गंभीर रहती थी। इसके बाद दोनों अपनी-अपनी शिक्षा में व्यस्त हो गए। स्टीफन का दाखिला कैम्ब्रिज में हो चुका था जबकि जेन को किसी कारणवश पहले वर्ष की पढ़ाई छोड़नी पड़ी और उसने शॉर्ट हैंड तथा टाइपिंग के साथ सेक्रेट्रियल प्रैक्टिस शुरू कर दी।

एक दिन स्टीफन ट्रेन में सवार होकर कैम्ब्रिज से घर लौट रहे थे। अचानक उनकी नजर जेन पर पड़ी। वह भी उसी ट्रेन में सफर कर रही थी। एक बार फिर से दोनों की मुलाकात हुई। वे बहुत गर्मजोशी के साथ एक-दूसरे से मिले और मन ही मन प्रसन्न थे। आपसी बातचीत के बाद पता चला कि जेन भी अपनी क्लास समाप्त करके घर वापस आ रही थी। इस मुलाकात में स्टीफन ने अपनी बीमारी के बारे में जेन को कुछ नहीं बताया लेकिन जेन पहले से ही उनके बारे में जानती थी। वे पूरे रास्ते आपस में बातचीत करते रहे। ट्रेन से उतरने के बाद स्टीफन ने जेन के साथ डिनर करने की पेशकश की। जेन इसके लिए खुशी-खुशी राजी हो गई। दोनों ने एक साथ मिलकर मूवी भी देखी। दोनों के बीच हुई इस बार की मुलाकात एक बेहतरीन यादगार घटना के रूप में साबित हुई।

कैम्ब्रिज में एक नृत्य उत्सव का आयोजन किया गया था। स्टीफन के निमंत्रण पर जेन ने भी इस उत्सव में भाग लिया। उत्सव का माहौल बहुत रंगीन था। दोनों ने एक साथ उत्सव का आनंद लिया और मिलकर नृत्य किया। बातों ही बातों में जेन ने स्टीफन को बताया कि वह इस समय सेक्रेटरी के पद पर नौकरी कर रही थी।

जेन ने इस बार स्टीफन की शारीरिक अवस्था देखी तो उसे बहुत दुःख हुआ। वह उनकी बीमारी के बारे में ज्यादा तो नहीं जानती थी लेकिन उसे जितना पता था, उसके लिए प्रार्थना करती थी।

इसके बाद उनके बीच मुलाकातों का सिलसिला बढ़ने लगा। स्टीफन को जेन के रूप में जीवन में प्रसन्नता का अनुभव होने लगा। एक दिन जेन ने स्टीफन से कहा, 'तुम अपने भविष्य की चिंता मत करो। जिंद्रगी वर्तमान के दम पर बिताई जाती है। भविष्य के बारे सोचना बेकार का विषय है। यदि तुम अपना वर्तमान अच्छी तरह जी लेते हो तो यकीनन तुम्हारा भविष्य भी बेहतर होगा।' उसने स्टीफन को यकीन दिलाया कि उसके साथ भी भविष्य में सब कुछ अच्छा ही होगा।

स्टीफन को जेन की बातों में दम लगा। उन्हें जेन का खुशमिजाज़ स्वभाव अच्छा लगता था। जेन भी मन ही मन उनके प्रेम में पूरी तरह उतर चुकी थी। उसने स्टीफन को अपना शोध पूरा करने की शुभकामनाएँ दीं। स्टीफन एक नई उम्मीद के साथ अपना शोध पूरा करने में लग गए।

स्टीफन से लगातार हुई मुलाकातों ने उसे इस नतीजे पर पहुँचने पर मजबूर कर दिया था कि स्टीफन ही एकमात्र वह नौजवान है, जिसमें उसका जीवनसाथी बनने की क्षमता है। वह स्टीफन के जीवन को एक नया मोड़ देना चाहती थी। उसने स्टीफन से विवाह करके उसकी सेवा करने को अपने जीवन का सबसे महत्वपूर्ण लक्ष्य बना लिया। वह उसके सुख-दुःख की हमसफर बनना चाहती थी।

वह पिछले काफी समय से स्पेन भ्रमण को जाना चाहती थी। इसके लिए वह लंबे अरसे से नौकरी कर रही थी और स्पेन जाने के लिए धन की व्यवस्था कर रही थी। गर्मी की छुट्टियों में उसे स्पेन जाने का अवसर मिल गया। वह वहाँ भी स्टीफन के ख्यालों में खोई रहती और बार-बार अपने मन में उठते विचार को पूरा करने के बारे में सोचती रहती।

स्पेन से वापस आने पर एक बार फिर स्टीफन और जेन की मुलाकात हुई। इस बार वे एक लंबे अरसे के बाद एक-दूसरे से मिल रहे थे। लेकिन इस दौरान स्टीफन की हालत पहले से भी अधिक बिगड़ चुकी थी। वे ज्यादा दूर तक पैदल नहीं चल सकते थे। जेन ने उनकी स्थिति देखी तो उसे चिंता होने लगी। लेकिन उसके मन में स्टीफन के प्रति बढ़ती हुई चाहत किसी कीमत पर कम न हो सकी। हालाँकि स्टीफन ने एक-दो बार जेन से इस बात का जिक्र किया था कि उनका और जेन का संबंध ज्यादा समय तक नहीं चलनेवाला लेकिन जेन ने इसकी परवाह नहीं की। वह मजबूत इरादोंवाली लड़की थी। उसका मानना था कि ज्यादा सोच-विचार करने से मानसिक आघात की स्थिति बन जाती है। अतः उसके भाग्य में स्टीफन के साथ जितना समय लिखा है, वह उसे खुशी-खुशी स्वीकार करने को तैयार है।

उस समय स्टीफन को किसी काम से लंदन जाना पड़ा। उन्होंने जाने से पहले जेन से वादा किया कि लंदन से वापस आकर वे अपने माता-पिता से अपने और जेन के विवाह के बारे में चर्चा करेंगे। स्टीफन के मुँह से यह बात सुनकर जेन की खुशी का ठिकाना न रहा। लेकिन वापस आकर वे अपने माता-पिता से जेन के बारे में बात न कर सके। १९६३ में स्टीफन को किसी काम से जर्मनी जाना पड़ा। जर्मनी से वापस आकर स्टीफन ने अपने माता-पिता से जेन के बारे में बातचीत की। इस दौरान उनकी शारीरिक स्थिति भी पहले से बेहतर हो चुकी थी।

उनके माता-पिता अपने बेटे की भलाई के लिए सब कुछ सहर्ष करने को तैयार थे। उन्होंने तुरंत जेन के माता-पिता से मुलाकात करनी चाही। दोनों परिवार बहुत प्रेम से एक-दूसरे से मिले। जेन अपनी स्नातक की पढ़ाई के अंतिम वर्ष में थी। अत: जेन के पिता चाहते थे कि उसकी स्नातक की शिक्षा पूरी होने पर ही विवाह हो। दोनों परिवारों की सहमति से आनेवाले अक्तूबर माह में जेन और स्टीफन की सगाई का ऐलान कर दिया गया।

सब कुछ निर्धारित योजना के अनुसार चला। १४ जुलाई, १९६५ के दिन जेन और स्टीफन का विवाह हो गया। यह विवाह एक साधारण तरीके से संपन्न हुआ, जिसमें बहुत कम लोगों को आमंत्रित किया गया था।

स्टीफन ने विवाह से पहले ही अपनी नौकरी के संदर्भ में हाथ-पैर मारने शुरू कर दिए थे। वे जानते थे कि विवाह होते ही उन्हें जेन के साथ जीवन व्यतीत करने के लिए धन की आवश्यकता पड़नेवाली है। उन्होंने अनेक कॉलेजों में फेलोशिप के लिए आवेदन भेज दिया था। इस कार्य में डॉक्टर स्कियामा तथा हरमन बोंडी नाम के एक विशेषज्ञ ने संदर्भ के रूप में अपना नाम देकर उनकी मदद भी की। इससे स्टीफन को यह लाभ हुआ कि २३ वर्ष की आयु में उन्हें फेलोशिप भी मिल गई थी।

विवाह के बाद जेन और स्टीफन के सामने रहने की समस्या आई।

स्टीफन ने इस संबंध में कैम्ब्रिज के अधिकारियों से बात की। लेकिन कैम्ब्रिज के प्रबंधकों की ओर से कोई खास मदद न मिल सकी क्योंकि कैम्ब्रिज की ओर से फेलोशिप प्राप्त व्यक्तियों के निवास के लिए किसी प्रकार के कोई नियम नहीं थे। दोनों ने कुछ दिन किराये के मकान में गुजारे। इसी दौरान स्टीफन को अमेरिका जाना पड़ा। जेन भी उनके साथ गई। वहाँ स्टीफन की मुलाकात अपने शोध संबंधी अनेक विशेषज्ञों से हुई। सन् १९६५ के अक्तूबर माह में वे अमेरिका से वापस आए। वापस आकर उन्होंने एक दूसरा मकान किराये पर लिया। उन्होंने एक लंबे समय तक इस मकान में अपना जीवन गुजारा। बाद में उन्होंने अपने माता-पिता की मदद से कुछ धन एकत्रित करके वही मकान खरीद लिया। वे इस मकान में चार वर्ष तक रहे।

विवाह के बाद जेन ने स्टीफन और घर के सभी कार्यों की जिम्मेदारी अपने कंधों पर ले ली। उसने घर की व्यवस्था इस प्रकार सुव्यवस्थित कर ली कि वह स्टीफन का ध्यान भी रख सकती थी, घर का काम भी कर सकती थी और अपनी पढ़ाई पर भी ध्यान दे सकती थी।

विवाह के बाद स्टीफन के पिता फ्रैंक ने जेन को यह सलाह दी कि 'यदि वे दोनों अपना परिवार बढ़ाने के लिए बच्चे की इच्छा रखते हैं तो उन्हें तुरंत यह कदम उठा लेना चाहिए।' उन्होंने ऐसा इसलिए कहा क्योंकि आने वाले समय में स्टीफन की शारीरिक स्थिति का कुछ पता नहीं था कि वह क्या असर दिखा सकती थी। जेन ने भी सोचा कि वर्तमान में जो स्थिति बनी हुई है उसमें पता नहीं कब क्या हो जाए। वह स्टीफन के साथ अपना एक-एक पल खुशी से जीना चाहती थी। उसने कभी लंबे जीवन की कामना नहीं की।

स्टीफन ने अपना शोध कार्य जारी रखा हुआ था। वे अतिरिक्त धन कमाने के लिए गणित के छात्रों के कार्यों पर सुपरविजन का कार्य कर लिया करते थे। यहाँ उनकी बीमारी भी धीरे-धीरे अपना असर दिखा रही थी। उसी वर्ष उन्हें एक सम्मेलन में हिस्सा लेने के लिए मियामी जाना पड़ा। वहाँ

उनकी मुलाकात अपने पुराने मित्र जॉर्ज इलिस से हुई। मिआमी से लौटने पर उन्हें पता चला कि 'सिंगुलैरिटीज़ एंड द ज्योमैटरी ऑफ स्पेस एंड टाइम' नामक उनके एक निबंध को 'एडम्स पुरस्कार' के लिए चुना गया है। स्टीफन इस निबंध के सह-लेखक थे। इस निबंध के दूसरे लेखक रोज़र पेनरोज़ थे। यह पुरस्कार गणित के क्षेत्र में किए जा रहे सराहनीय कार्यों के लिए जॉन कोच एडम्स की याद में प्रदान किया जाता था। डॉक्टर स्कियामा ने व्यक्तिगत तौर पर भी स्टीफन को इस पुरस्कार के लिए शुभकामनाएँ प्रदान कीं। स्टीफन के जीवन में यह एक गर्व का क्षण था। लेकिन वे नहीं जानते थे कि यह पुरस्कार तो मात्र एक शुरूआत थी। उन्हें तो आगे चलकर इससे भी बड़े पुरस्कार मिलनेवाले थे।

कैम्ब्रिज की शिक्षा समाप्त करते-करते उनका स्वास्थ्य भी गिरने लगा था। लेकिन स्टीफन ने अपनी बीमारी की चिंता न करते हुए, अपना ध्यान आगे के कार्यों पर केंद्रित किया। उन्होंने बिना किसी रुकावट के अपना शोध कार्य पूरा किया और सन् १९६६ में मार्च के महीने में उन्होंने पी. एच. डी. की डिग्री हासिल की। आज वे अपने उस सपने को पूरा होता देख रहे थे, जिसे वे बचपन से देखते आ रहे थे।

इसी दौरान जेन की स्नातक की परीक्षा का परिणाम भी आ चुका था। उसने भी परीक्षा उत्तीर्ण कर ली और लंदन स्थित अपने वेस्टफील्ड कॉलेज से पी. एच. डी. करने के लिए आवेदन पत्र दाखिल कर दिया।

८

स्टीफन व जेन का परिवार

इधर स्टीफन की हालत ज्यादा बिगड़ती जा रही थी। उन्हें समय-समय पर किसी सहायक की आवश्यकता होती थी। जैसे ही उनकी स्थिति में बदलाव आता, उन्हें तुरंत डॉक्टरी परीक्षणों के साथ नई दवाएँ व विटामिन लेने पड़ते थे। वे लिखने में भी परेशानी महसूस करने लगे थे क्योंकि उनकी उंगलियाँ भी धीरे-धीरे उनके नियंत्रण से बाहर होती जा रही थीं।

जीवन के प्रति जैसी जिद्र और जीवटता उस इंसान में थी, इस धरती पर दूसरा कोई उदाहरण नहीं मिलता। यदि किसी आम इंसान को थोड़ा बहुत भी शारीरिक रूप से अस्वस्थता का आभास होता है तो वह कार्य से अवकाश लेकर आराम करता है। लेकिन स्टीफन जैसे इंसान के लिए आराम करने जैसी बात सोचना भी मुश्किल था। वे बीमारी से लदे होने के बावजूद बिना कोई अवकाश लिए जीते रहे और काम करते रहे। उनका सपना था कि वे दुनिया को और बेहतर व सुंदर बनाने के प्रयासों में जीवन के आखिरी क्षणों तक काम करते रहेंगे।

'स्टीफन का योगदान विज्ञान में है', सिर्फ इतना कहना कम होगा। क्योंकि उस इंसान का असल योगदान विज्ञान को लोकप्रिय बनाने और विज्ञान के जरिए तार्किक बातों को दुनिया के सामने गहराई से रखने में है।

स्टीफन बने पिता

२८ मई, १९६७ को स्टीफन के घर एक पुत्र ने जन्म लिया। स्टीफन अपने पुत्र को देखकर खुशी से फूले नहीं समा रहे थे। नन्हें शिशु को देखकर उनके मन में जीने की और भी ललक जाग उठी।

स्टीफन और जेन अब माता-पिता बन चुके थे। उन्होंने अपने पुत्र का नाम रॉबर्ट जॉर्ज हॉकिंग रखा। पुत्र के जन्म के बाद स्टीफन को कुछ महीनों के लिए विदेश जाना पड़ा। वहाँ से लौटने पर उन्हें पता चला कि उनकी फेलोशिप की अवधि को अगले दो वर्षों के लिए बढ़ा दिया गया है। ऐसा इसलिए संभव हुआ क्योंकि स्टीफन की प्रतिभा लोगों के सामने आती जा रही थी और कैम्ब्रिज नहीं चाहता था कि ऐसे प्रतिभावान व्यक्ति को विश्वविद्यालय से बाहर जाने दिया जाए।

इस दौरान स्टीफन की बीमारी के संदर्भ में डॉक्टरों द्वारा बताई गई समयावधि भी समाप्त होने जा रही थी। वे तीसरे वर्ष में प्रवेश करने जा रहे थे। धीरे-धीरे वह समय भी बीतने लगा। तीसरे वर्ष के अंत तक उनका यह हाल हो चुका था कि उन्हें बोलने में भी परेशानी होने लगी। डॉक्टरों का अनुमान था कि उन्हें भविष्य में चलने के लिए भी व्हील चेयर की आवश्यकता पड़ सकती है।

डॉक्टरों का अनुमान सही था। समय के साथ-साथ उनकी बीमारी बढ़ती गई। उनका शरीर उनके स्वयं के नियंत्रण से बाहर होना शुरू हो गया। सन् १९६९ के शुरू होते ही वे इतने कमज़ोर होने लग गए कि ठीक से चल भी नहीं सकते थे। अंततः उन्हें व्हील चेयर का सहारा लेना पड़ा। धीरे-धीरे बीमारी अपना असर दिखाती जा रही थी और स्टीफन की

शारीरिक दुर्बलता बढ़ती गई। खाना खाने और पलंग से उठने के अलावा प्रत्येक कार्य में उन्हें अपने सहायक की मदद लेनी पड़ती थी। उस समय उनके कुछ विद्यार्थी ही उनके सहायक का काम करते थे।

इधर किंग कॉलेज की ओर से उन्हें सीनियर रिसर्च फेलोशिप की पेशकश दी गई। लेकिन इससे पहले कि स्टीफन इस पर कोई विचार कर पाते, उन्हें केयस कॉलेज की ओर से छह वर्ष का अनुबंध दे दिया गया। स्टीफन अपने जीवन के अंतिम क्षणों तक इस कॉलेज में रहे।

१९६८ में उन्हें कैम्ब्रिज के इंस्टीट्यूट ऑफ एस्ट्रोनॉमी का सदस्य बना लिया गया। इससे उनके शोध को एक नई दिशा मिली। यही वह समय था, जब उन्होंने ब्लैक होल के बारे में भी अपना शोध शुरू कर दिया।

जेन अपने पुत्र रॉबर्ट की परवरिश में व्यस्त थी। साथ ही साथ वह अपनी पी.एच.डी. कर रही थी। सन् १९७० की शुरुआत में वह एक बार फिर से गर्भवती हो गई। एक बार पुन: उसे अपना कार्य रोकना पड़ा और पारिवारिक दायित्व को पूरा करने के लिए स्वयं को तैयार करना पड़ा। २ नवंबर, १९७० को उनके घर एक पुत्री ने जन्म लिया। हॉकिंग दंपत्ति ने इसका नाम लूसी रखा। अब स्टीफन और जेन के परिवार में दो बच्चे हो गए थे।

बीमारी के साथ-साथ स्टीफन अपने कार्य में भी व्यस्त रहने लगे। विश्वविद्यालय में समय-समय पर होनेवाले सम्मेलनों तथा व्याख्यानों में वे बहुत गंभीरता से हिस्सा लेते। अनेक बार ऐसा हुआ कि व्याख्यानों के बाद बहुत से लोग तो चुपचाप उठकर चले जाते किंतु स्टीफन विषय की गहराई में जाकर ऐसे-ऐसे सवाल ढूँढ़कर लाते और व्याख्यान देने आए अतिथि वैज्ञानिकों व विशेषज्ञों से उनके बारे में पूछते। उनके सवाल अक्सर सभी को हैरानी में डाल देते थे क्योंकि स्टीफन जिस गूढ़ता से जवाब तलाश करते थे, उतनी गहराई तक कोई दूसरा सोच भी नहीं

सकता था। यही कारण था कि लोग उनकी प्रतिभा का लोहा मानने लग गए थे।

हालाँकि उनकी हालत बिगड़ती जा रही थी। लेकिन उन्होंने कभी अपनी बीमारी को अपने कार्य पर हावी नहीं होने दिया। जेन के ऊपर स्टीफन के अलावा अपनी पढ़ाई, रॉबर्ट, लूसी तथा परिवार की देखभाल की भी जिम्मेदारी थी। स्टीफन अपना ज्यादा से ज्यादा काम खुद करने की कोशिश करते थे, जिससे जेन को रात को अपनी पढ़ाई करने का समय मिल जाता था।

सन् १९७९ में स्टीफन और जेन के परिवार में रॉबर्ट व लूसी के अलावा एक नए सदस्य का आगमन हुआ। जेन ने बेटे को जन्म दिया। उसका नाम टिमोथी रखा गया।

खण्ड २
स्टीफन का वैज्ञानिक जीवन

१

बिग बैंग थ्योरी

हमारा संसार आकाशगंगा, सौरमंडल तथा सभी ग्रह बिग बैंग के कारण अस्तित्व में हैं। वर्षों से वैज्ञानिक खोजों में यह बात सामने आती रही है कि इस संसार में सबसे पहले बिग बैंग हुआ और उसके कारण ही ब्रह्माण्ड अस्तित्व में आया। स्टीफन हॉकिंग ने अंतरिक्ष जगत के उस राज़ से पर्दा उठाया, जिसे पूरा संसार वर्षों से जानना चाह रहा था। स्टीफन ने बिग बैंग के बारे में कुछ ऐसे तथ्य संसार के सामने ला खड़े कर दिए, जिसे जानकर विज्ञान भी अचंभित रह गया।

आज से लगभग कई अरब वर्ष पूर्व ब्रह्माण्ड का आकार बहुत छोटा था। बहुत अधिक तापमान होने के कारण इसका आकार धीरे-धीरे बढ़ता गया। इसके बाद अणुओं का आपस में मिलना शुरू हुआ। पहले तो उनका आकार बढ़ा और फिर उनका विघटन होना शुरू हो गया। इससे संपूर्ण तारामंडल, ग्रह तथा आकाशगंगाएँ अस्तित्व में आए। यही बिग बैंग थ्योरी है, जिससे हमारे संसार की रचना हुई। हमारे ब्रह्माण्ड का

आकार धीरे-धीरे बढ़ता जा रहा है।

सवाल यह उठता है कि इस बिग बैंग से पूर्व क्या था? दूसरे शब्दों में यह भी कहा जा सकता है कि बिग बैंग से पूर्व यह दुनिया कैसी थी? यह अभी तक एक रहस्य बना हुआ है। वैज्ञानिक अभी भी यह जानने के प्रयास में लगे हुए हैं। स्टीफन ने अपने एक टेलिविजन शो में इस बात का खुलासा किया कि बिग बैंग से पूर्व क्या हुआ करता था। वास्तव में बिग बैंग से पूर्व कुछ भी नहीं था। उन्होंने बताया कि अल्बर्ट आइंस्टाइन की जनरल थ्योरी ऑफ रिलेटिविटी के अनुसार अंतरिक्ष और समय ने साथ मिलकर दुनिया में अंतरिक्ष और समय का कभी न रुकनेवाला चक्र बनाया था। लेकिन वह बिलकुल भी सपाट नहीं है बल्कि ऊर्जा तथा भौतिक पदार्थों के दबाव के कारण यह आपस में घूमा हुआ है। यही कारण है कि इसे समझ पाना इतना आसान नहीं है।

बिग बैंग से पहले क्या था?

सन् १९२९ में एडविन हब्बल ने पहली बार यह अनुभव किया कि हमारा ब्रह्माण्ड तेज़ी से फैल रहा है। तब से लेकर आज तक हमारे विज्ञान में काफी सुधार होता आया है। आज हम यकीन से कह सकते हैं कि हमारे ब्रह्माण्ड का निर्माण १३.८ अरब वर्ष पूर्व हुआ था। हम कॉस्मिक माइक्रोवेव बैकग्राउंड को डिटेक्ट कर बिग बैंग होने के ३ लाख साल के बाद के ब्रह्माण्ड को देख पाने में भी सफल रहे हैं।

स्टीफन का कहना था कि पहले के ब्रह्माण्ड को समझने के लिए, वैज्ञानिक सूक्ष्म स्तर पर लार्ज हाइड्रोन कोलाइडल की मदद से बिग बैंग जैसी स्थिति बनाने की कोशिश भी कर चुके हैं। आज हमारा ब्रह्माण्ड फैल रहा है। इसका अर्थ यह है कि कभी न कभी एक समय ऐसा ज़रूर रहा होगा, जब इस ब्रह्माण्ड का संपूर्ण पदार्थ एक ही स्थान पर एकत्रित था। यही पदार्थ बाद में विस्फोट के बाद फैल गया।

यदि हम समय में पीछे की ओर जाते हैं तो हम उस बिंदु पर पहुँच

जाएँगे जब यह काफी गर्म था और इसका द्रव्यमान (mass) भी बहुत अधिक था। इस बिंदु को प्वाइंट ऑफ सिंग्यूलैरिटी भी कहा जाता है। इसी में एक भयंकर विस्फोट हुआ, जिससे इस ब्रह्माण्ड की रचना हुई। इसी विस्फोट को हम बिग बैंग के नाम से जानते हैं।

कुछ वैज्ञानिकों का मानना है कि बिग बैंग उस निर्माण का पहला कदम था, जिससे न केवल हमारे ब्रह्माण्ड का निर्माण हुआ बल्कि समय भी अस्तित्व में आया। इसका अर्थ यह है कि बिग बैंग से पहले न ही कोई ब्रह्माण्ड था, न ही किसी प्रकार के भौतिकी के नियम और न ही समय। ऐसे में यह सोचना ही गलत है कि बिग बैंग से पहले क्या था।

अत: इस थ्योरी के अनुसार बिग बैंग से पहले कुछ भी नहीं था। जो कुछ भी आज मौजूद है, उसका निर्माण बिग बैंग के कारण ही संभव हुआ है। लेकिन यह थ्योरी इंसान को संतुष्ट नहीं करती। इसका कारण यह है कि थर्मोडाइनॉमिक्स का दूसरा नियम कहता है कि **बिना किसी वस्तु के किसी नई वस्तु का निर्माण नहीं हो सकता।** इसका मतलब यह है कि बिग बैंग से पहले कुछ न कुछ अवश्य मौजूद रहा होगा, जिसके कारण बिग बैंग का धमाका हुआ होगा।

यदि एक थ्योरी पर विश्वास करें तो ब्रह्माण्ड हमेशा से अस्तित्व में रहा है। यदि अनंतकाल से ब्रह्माण्ड अस्तित्व में है तो जितनी भी घटनाएँ आज तक हुई हैं या भविष्य में होनेवाली हैं, वे पहले भी घटित हो चुकी हैं। यदि इस थ्योरी को सच माना जाए तो ब्रह्माण्ड को अब तक उस अवस्था तक पहुँच जाना चाहिए था, जहाँ सभी प्राकृतिक प्रक्रियाएँ संपूर्ण हो जाती हैं। लेकिन हम जानते हैं कि असल में ऐसा नहीं है। इसका मतलब यह है कि यह थ्योरी सही नहीं हो सकती।

हम जानते हैं कि ब्लैक होल का घनत्व बहुत अधिक होता है। इसका कारण यह है कि बिग बैंग एक अत्याधिक घनत्ववाले बिंदु में हुआ था। कुछ वैज्ञानिकों का यह मानना है कि यह बिंदु पहले मौजूद ब्रह्माण्ड के ब्लैक

होल बनने से बना होगा। हमारा ब्रह्माण्ड भी लगातार फैलता जा रहा है। लेकिन कुछ लोगों का यह मानना है कि एक समय आएगा जब यह फैलते हुए इतना विशाल रूप धारण कर लेगा कि इसमें एक भयंकर विस्फोट होगा। इसी विस्फोट से एक नए ब्रह्माण्ड का निर्माण हो सकता है। हो सकता है कि शायद ऐसे ही किसी विस्फोट से हमारे वर्तमान ब्रह्माण्ड की रचना हुई हो क्योंकि सृष्टि में विनाश और निर्माण की प्रक्रिया हमेशा चलती रहती है।

लेकिन इस थ्योरी को भी पूर्ण रूप से स्वीकार नहीं किया जा सकता। दरअसल यह हमें इस सवाल का जवाब नहीं देती कि वर्तमान ब्रह्माण्ड की रचना कैसे हुई होगी। इसका सीधा सा अर्थ यह है कि हम जहाँ से चले थे, फिर से वहीं पहुँच गए।

एक अन्य थ्योरी के अनुसार कई ब्रह्माण्ड मौजूद हैं, जो अलग-अलग बब्बल में मौजूद हैं। इस थ्योरी को **मल्टिपल बब्बल्स थ्योरी** का नाम दिया गया है। उनके आपस में टकराने अथवा कई टुकड़ों में बँट जाने से एक भयंकर विस्फोट होता है, जिससे एक नए ब्रह्माण्ड का निर्माण होता है। हो सकता है कि बिग बैंग भी इसी प्रकार के बिखराव अथवा विखंडन का कोई नतीजा रहा हो। यदि इस थ्योरी पर विश्वास किया जाए तो दो बब्बल्स के टकराने अथवा विखंडन होने की स्थिति में हमें कॉस्मिक माइक्रोवेव बैकग्राउंड में एक अनोखा गोलाकार पैटर्न मिलना चाहिए। लेकिन अभी तक वैज्ञानिक इसका पता लगाने में असमर्थ रहे हैं।

हमारा वैज्ञानिक जगत निरंतर इस दिशा में कार्यरत है कि बिग बैंग से पहले क्या था। आज हम बिग बैंग के १०.४३ सैकेंड के ब्रह्माण्ड को देख पाने में सफल हो चुके हैं, जो कि १३.८ अरब वर्ष पीछे का समय है, जितना कि हम आज से १०० वर्ष पूर्व देख पाते थे।

१०

ब्रह्माण्ड का निर्माण

स्टीफन का मानना था कि बह्माण्ड आज भी मनुष्य के लिए एक अबूझ पहेली है। यहाँ प्रत्येक क्षण कोई न कोई ऐसी घटना घटित होती रहती है, जिसे जानकर हमारा मस्तिष्क उसकी गहराई तक जाने का प्रयास करता है। प्रकृति ने कुछ इंसानों को जिज्ञासु प्रवृत्ति का बनाया है। उन्हें ऐसा मस्तिष्क प्रदान किया है कि वे हमेशा कुछ न कुछ सोचते रहते हैं। दूसरे शब्दों में यह भी कहा जा सकता है कि प्रकृति ने मनुष्य को मस्तिष्क के रूप में एक अनमोल उपहार दिया है। यदि मस्तिष्क का सही रूप से इस्तेमाल किया जाए तो यह इतना सक्षम है कि गूढ़ से गूढ़ रहस्यों की तह तक जाकर उसके बारे में जानकारी हासिल कर सकता है। शोधकर्ताओं का अनुमान है कि एक सामान्य व्यक्ति अपने मस्तिष्क का १० प्रतिशत तक ही इस्तेमाल करता है। ज़रा सोचिए, यदि कोई अपने मस्तिष्क का ४० से ५० प्रतिशत तक इस्तेमाल करने लग जाए तो वह सृष्टि के अनेक अनगिनत व अनसुलझे रहस्यों का पता लगाने में कामयाब हो जाएगा।

एडिंग्टन ने ब्रह्माण्ड के बारे में लिखते हुए इस बात पर जोर दिया था कि एक समय आएगा जब लोग ब्रह्माण्ड के रहस्यों के बारे में बहुत गहनता से खोजबीन करेंगे क्योंकि ब्रह्माण्ड की दुनिया एक रहस्यमयी दुनिया है। ब्रह्माण्ड न जाने कितनी सदियों से मानव को आकर्षित करता आ रहा है। इसी आकर्षण ने खगोल वैज्ञानिकों को ब्रह्माण्डीय प्रेक्षण और ब्रह्माण्ड अन्वेषण के लिए प्रेरित किया है।

वर्तमान में किए गए खगोलीय अनुसंधानों तथा क्रांतिकारी प्रयोगों ने ब्रह्माण्ड के अनेक अनसुलझे रहस्यों से हमें परिचित कराया है। स्टीफन भी जीवनभर इसी दिशा में कार्य करते रहे। उन्होंने विज्ञान की सभी शाखाओं में भौतिक विज्ञान को सबसे उच्च माना। ब्रह्माण्ड के बारे में नित नए प्रयोग व शोध करना उनका प्रिय विषय था।

ऐसा माना जाता है कि आज से लगभग १४ अरब वर्ष पूर्व ब्रह्माण्ड का कोई अस्तित्व नहीं था। पूरा ब्रह्माण्ड एक बहुत ही सूक्ष्म सघन बिंदु में सिमटा हुआ था। बिंदु के अंदर उत्पन्न दबाव के कारण, उसमें अचानक एक जबरदस्त विस्फोट हुआ और यह बिंदु बिखर गया, जिससे ब्रह्माण्ड अस्तित्व में आया। यह विस्फोट बहुत शक्तिशाली था। उस समय ब्रह्माण्ड के तापमान का अनुमान भी नहीं लगाया जा सकता। इस विस्फोट के बाद के एक माइक्रो सैकेंड से भी कम समय को 'ब्लैंक टाइम' कहा जाता है। इस ब्लैंक टाईम से कम समय में ब्रह्माण्ड का तापमान तेज़ी से नीचे गिरा और एक माइक्रो सैकेंड होते-होते ब्रह्माण्ड की आयु लगभग दस हजार अरब प्रकाश वर्ष की हो गई।

इस विस्फोट के पश्चात चारों ओर अंधकार ही अंधकार था। उस समय किसी प्रकार का प्रकाश भी नहीं था। प्रकाश न होने का कारण यह था कि ब्रह्माण्ड प्लाज्मा की अवस्था में था और इसके अणु भी नहीं थे। लगभग ३.८० लाख वर्षों तक ब्रह्माण्ड अंधकार में रहा। इस दौरान बह्माण्ड में प्रोटॉन व न्यूट्रॉन बनने की प्रक्रिया चलती रही। जिस समय प्रोटॉन व न्यूट्रॉन के मिलने से पहला अणु उत्पन्न हुआ, वह हाइड्रोजन था,

जिसने ब्रह्माण्ड के निर्माण में बहुत महत्वपूर्ण योगदान दिया। गुरुत्वाकर्षण के कारण हाइड्रोजन व हाइड्रोजन से मिलनेवाले हीलियम के अणु बनने की प्रक्रिया भी आरंभ हो चुकी थी।

इसके बाद ब्रह्माण्ड में सबसे पहले तारे का आगमन हुआ और वह तारा 'सूर्य' था। सूर्य की उत्पत्ति होने से ब्रह्माण्ड में पहली बार प्रकाश उत्पन्न हुआ और अंधकार समाप्त हुआ। सूर्य के बाद अनेक तारों की उत्पत्ति होने लगी और बह्माण्ड पूर्ण रूप से अपने अस्तित्व में आ गया। ब्रह्माण्ड के प्रकाशमान होने के समय से लेकर आज तक यह हजार गुना अधिक विस्तार ले चुका है।

ब्रह्माण्ड में हुए इस विस्फोट को बिग बैंग का नाम दिया गया। इस महाविस्फोट के प्रारंभिक क्षणों में क्वार्क और फोटोन का गर्म द्रव्य बन चुका था। 'आदि पदार्थ (Primitives)' व प्रकाश का मिला-जुला यह गर्म लावा तेज़ी से चारों तरफ फैलने लगा। देखते ही देखते कुछ ही क्षणों में ब्रह्माण्ड व्यापक हो गया। लगभग चार लाख साल बाद इसके फैलने की गति धीरे-धीरे कुछ धीमी हुई। ब्रह्माण्ड थोड़ा ठंडा व विरल हुआ और सूर्य का प्रकाश बिना किसी पदार्थ से टकराए लंबी दूरी तय करने लगा। अब चंद्रमा, तारे, धूमकेतु, उल्का, ग्रह व अनेक आकाशीय पिंडों का निर्माण होना शुरू हो गया, जिसे सौरमंडल कहा जाता है। हमारी पृथ्वी भी इस प्रक्रिया के दौरान अस्तित्व में आई। लेकिन उस समय इसका स्वरूप ऐसा नहीं था, जैसा कि वर्तमान में देखने को मिलता है।

हमारी पृथ्वी भी किसी समय सूर्य के समान अत्यंत गर्म आग का एक गोला थी। यदि किसी ने उस समय इसे देखा होता तो यह अंदाजा लगाया जाना नामुमकिन था कि इस पर कभी जीवन भी संभव हो सकता है। वह अपनी धुरी पर तेज़ी से घूमा करती थी और एक दिन केवल ८ घंटे का होता था। उस समय पृथ्वी पर पानी भी नहीं था लेकिन हवा में भाप के कण व H_2O जैसे सभी तत्व मौजूद हुआ करते थे।

जब ब्रह्माण्ड के बनने की प्रक्रिया समाप्त हुई तो तापमान तेज़ी से कम होना शुरू हो गया। इसका परिणाम यह हुआ कि पृथ्वी के तापमान में भी गिरावट आने लगी। अंतत: वायुमंडल में मौजूद भाप के कण बरसात के रूप में नीचे गिरने लगे। लाखों वर्षों तक यह बरसात होती रही। इससे बड़े-बड़े समुद्रों व महासागरों का निर्माण हुआ। इसके बाद लगभग ३.५ अरब वर्ष पूर्व पानी में हाइड्रोजन, ऑक्सीजन व कार्बन के मिलने से 'जीवन' संभव हो सका। पृथ्वी पर पैरामीशिय व अमीबा जैसे एककोशीय जीव बनने लगे। धीरे-धीरे छोटे जीवाणुओं के कारण बहुकोशीय जीवों का निर्माण भी होने लगा। देखते ही देखते पृथ्वी पर अनेक प्रकार के जीव-जंतुओं के साथ इंसानों का जन्म भी होने लगा।

बिग बैंग के सिद्धांत को आधुनिक भौतिकी (मॉडर्न फिज़िक्स) में जॉर्ज हेनरी द्वारा लिखा गया। वे रोम के एक कैथोलिक गिरजाघर में पादरी थे और वैज्ञानिक भी थे। यह एक साधारण-सा सिद्धांत था जो अल्बर्ट आइंस्टाइन के सापेक्षता सिद्धांत पर आधारित था। यह विस्फोट दो प्रमुख धारणाओं पर आधारित था। पहला- भौतिक नियम व दूसरा- ब्रह्माण्डीय सिद्धांत। इसके बाद अनेक वैज्ञानिकों ने विभिन्न सिद्धांतों की रचना की व ब्रह्माण्ड से जुड़े अनेक रहस्यों से पर्दा उठाया। लेकिन जहाँ तक ब्रह्माण्ड के सभी रहस्यों की तह तक जाने की बात है, उसमें अभी समय लग सकता है।

११

ब्लैक होल पर शोध

स्टीफन के लगातार एक के बाद एक सफल प्रयोगों ने उन्हें आम आदमी से भिन्न बना दिया था। उनके मित्रतापूर्ण स्वभाव से हर कोई वाकिफ था। उनके एक सहयोगी का कहना है कि स्टीफन हमेशा स्नेह व घनिष्ठता से लोगों से मिलते थे और उनसे बातचीत करते थे। वे हमेशा अपने आपको किसी न किसी कार्य में व्यस्त रखते थे। उनका मानना था कि दिमाग को जितना व्यस्त रखा जाए, वह उतना निखरता जाता है। इस संदर्भ में वे दिमाग के धनी विख्यात भौतिक वैज्ञानिक आइंस्टाइन का उदाहरण दिया करते कि जब कभी आइंस्टाइन को आराम करने को कहा जाता था तो वे वापस अपनी लैब में चले जाते थे और कहते कि 'मुझे केवल इसी स्थान पर आकर आराम मिलता है।'

वे अपने कार्य के प्रति इसी तरह प्रेरित रहा करते थे। इसी के चलते 'ब्लैक होल' के संबंध में उनका शोध शुरू हो चुका था। ब्लैक होल के संदर्भ में उन्होंने अनेक तथ्यों से वैज्ञानिक जगत को अवगत कराया। यही

नहीं, इस शोध के साथ–साथ वे गणित में भी रुचि लेने लग गए। उन्होंने अपने सहायक रोज़र पेनरोज़ के साथ मिलकर गणित के एक नए मॉडल का नियम प्रस्तुत किया। इसका संबंध अल्बर्ट आइंस्टाइन के रिलेटिविटी के सिद्धांत से था। इससे उन्हें गणित के अनेक गूढ़ समीकरणों को हल करने में मदद मिली। इस नियम ने ब्लैक होल के शोध में भी उनकी सहायता की। सन् १९७३ में उन्होंने 'स्ट्रक्चर ऑफ स्पेस टाइम' नामक पुस्तक का लेखन किया, जिसमें उन्होंने ब्लैक होल से संबंधित जानकारी भी दी।

ब्लैक होल क्या है?

स्टीफन का कहना था कि ब्लैक होल यानी काला छिद्र, जिसे हिंदी में कृष्ण विवर भी कहा गया है। बहुत कम लोग ऐसे हैं जो इसके बारे में जानते हैं। ब्लैक होल को समझने से पूर्व गुरुत्वाकर्षण बल को समझना आवश्यक है। गुरुत्वाकर्षण बल वह घटना होती है, जिसके अंतर्गत एक बल किसी दूसरे बल को अपनी ओर खींचने की कोशिश करता है। इस बल के अंतर्गत सभी भौतिक वस्तुएँ जैसे ग्रह, उपग्रह तथा आकाशगंगाएँ आती हैं। गुरुत्वाकर्षण ब्रह्माण्ड में उपस्थित सभी वस्तुओं को आकर्षित करता है। सदियों पूर्व भारतीय विद्वान भास्कराचार्य ने भी कहा था–

मरुच्लो भूरचला स्वभावतो यतो
विचित्रावतवस्तु शक्त्य:।।
आ.ष्टिशक्तिश्च मही तया यत् खस्थं
गुरुस्वाभिमुखं स्वशक्तत्या।
आ.ष्यते तत्पततीव भाति
समेसमन्तात् क्व पतत्वियं खे।।

इसका अर्थ है कि पृथ्वी में आकर्षण शक्ति है। पृथ्वी अपनी आकर्षण शक्ति से भारी पदार्थों को अपनी ओर खींचती है और आकर्षण के कारण ही वे जमीन पर गिरते हैं। लेकिन जब आकाश में समान ताकत चारों ओर से लगे तो कोई कैसे गिरे? अर्थात् आकाश में ग्रह निरावलम्ब रहते हैं क्योंकि

विविध ग्रहों की गुरुत्व शक्तियाँ संतुलन बनाए रखती हैं।

वास्तव में ब्लैक होल को शोध और चर्चा का एक दिलचस्प विषय माना जाता है। इस विषय की गंभीरता से वैज्ञानिक भी परिचित हैं। यही कारण है कि वैज्ञानिक सम्मेलनों व वेधशालाओं में समय-समय पर इसकी चर्चा की जाती है। ब्लैक होल से संबंधित ऐसे अनेक प्रश्न हैं जो मन में उठते हैं जैसे– ब्लैक होल क्या है? यह कैसे बने? इनका इतिहास क्या है? क्या वास्तव में इनका रंग काला है? कहीं ये अंतरिक्ष अथवा पृथ्वी के लिए हानिकारक तो नहीं? इत्यादि। स्टीफन ने ब्लैक होल की थ्योरी को समझने के लिए अनेक शोध किए। समय-समय पर ब्लैक होल के संबंध में उनकी मान्यताएँ भी बदलती रहीं।

ब्लैक होल वास्तव में अंतरिक्ष में एक ऐसा स्थान है जहाँ गुरुत्वाकर्षण बल इतना अधिक होता है कि प्रकाश भी बाहर नहीं निकल सकता। इनका गुरुत्वाकर्षण बल कई गुना अधिक शक्तिशाली होता है। स्टीफन का कहना था कि ब्लैक होल वास्तव में कोई छेद नहीं है। ये केवल अंतरिक्ष में मृत तारों के अवशेष मात्र हैं। करोड़ों, अरबों साल गुजरने के बाद जब किसी तारे का जीवन समाप्त हो जाता है तो ब्लैक होल का जन्म होता है। यह तेज़ और चमकते हुए सूरज या किसी दूसरे तारे के जीवन का अंतिम पल होता है। इसे सुपरनोवा कहा जाता है। उस तारे में हुआ विशाल धमाका उसे तबाह कर देता है, जिससे उसके पदार्थ अंतरिक्ष में बिखर जाते हैं।

इन टूटे हुए कणों की चमक देखने में गैलेक्सी जैसी दिखाई देती है। मृत तारे में इतना अधिक आकर्षण होता है कि उसका सारा पदार्थ आपस में बहुत गहनता से सिमट जाता है, जो एक छोटे काले रंग की गेंद की आकृति में बदल जाता है। इसके बाद इसका कोई आयतन नहीं होता लेकिन इसका घनत्व अनंत रहता है। यह घनत्व इतना अधिक होता है कि इसकी कल्पना भी नहीं की जा सकती। केवल सापेक्षता के सिद्धांत द्वारा ही इसकी व्याख्या की जा सकती है।

ब्लैक होल के खिंचाव से बच पाना संभव नहीं है। इसके आकर्षण से न तो प्रकाश बच सकता है और न ही समय। स्टीफन का मानना था कि ब्लैक होल के एक तरफ सतह होती है जिसे 'घटना क्षितिज' के नाम से जाना जाता है। इसका अर्थ यह है कि इसके आकर्षण में आकर कोई वस्तु गिर तो सकती है, किंतु बाहर नहीं आ सकती। यह अपने ऊपर पड़नेवाले संपूर्ण प्रकाश को अवशोषित कर लेता है। इसके संदर्भ में कहा जाता है कि यह अंतरिक्ष में स्थित एक ऐसा वर गर्त (गड्ढा) है, जिसमें फँसकर हम किसी अन्य ग्रह में पहुँच सकते हैं।

ब्लैक होल में समय का कोई अस्तित्व नहीं होता। जब कोई वस्तु धीरे-धीरे ब्लैक होल के नज़दीक आती है तो समय की गति धीमी होती जाती है और ब्लैक होल में प्रवेश करने के दौरान समय का अस्तित्व समाप्त हो जाता है।

लोगों के मन में अक्सर यह प्रश्न उठता है कि यदि कोई वस्तु ब्लैक होल के अंदर जाती है तो उसके साथ क्या होता है? ब्लैक होल में गुरुत्वाकर्षण बल अधिक होने के कारण उसकी सीमा में आई वस्तु पर आकर्षण बल अधिक लगेगा। इसके फलस्वरूप, ब्लैक होल की सीमा में जानेवाली वस्तु छोटे-छोटे भागों में बँट जाती है क्योंकि गुरुत्वाकर्षण बल इतना अधिक होता है कि कोई वस्तु इतना गुरुत्व बल सहन ही नहीं कर सकती। स्टीफन ने ऐसे अनेक रहस्यों से पर्दा उठाया और अपने शोध द्वारा करोड़ों लोगों की शंकाओं का समाधान किया।

१२

सुपरनोवा

जैसा कि पहले स्पष्ट किया जा चुका है कि ब्रह्माण्ड अपने आप में बहुत-सी ऐसी रहस्यमयी घटनाएँ समेटे हुए है, जिनकी कल्पना तक नहीं की जा सकती। साधारण रूप से आकाश की ओर देखने पर यह साफ दिखाई देता है लेकिन इसके भीतर होनेवाली खगोलीय घटनाओं के कारण इसका स्वरूप बदल जाता है। सुपरनोवा ऐसी ही एक खगोलीय घटना का उदाहरण है। यह एक खतरनाक दुर्घटना मानी जाती है। इस घटना के अंतर्गत कोई बहुत पुराना तारा अपने अंतिम क्षणों में होता है, जो एक भीषण विस्फोट के बाद नष्ट हो जाता है।

१० अक्तूबर, १६०४ के दिन आकाश में एक ऐसी ही आश्चर्यजनक घटना घटी। उस दिन आकाश में एक सुपरनोवा दिखाई दिया। यह एक ऐसा तारा होता है जो आकार में आम तारों के मुकाबले अत्यंत विशाल होता है। इस तारे में से बहुत अधिक मात्रा में प्रकाश पुंज प्रकाशित होता है, जो एक विस्फोट के रूप में फैल जाता है। इसे विस्फोटक तारा भी

कहा जाता है। सुपरनोवा में हुए विस्फोट के बाद इसके बाहर का समस्त आवरण उड़ जाता है, जिसके फलस्वरूप इसका समस्त द्रव्य अंतरिक्ष में बिखर जाता है।

स्टीफन ने सुपरनोवा के बारे में चर्चा करते हुए अपने शोध कार्यों में लिखा है कि तारे में हुए विस्फोट के कारण रेडिएशन इतना जोरदार होता है कि पूरी आकाशगंगा धुंधली दिखाई देती है। लेकिन कुछ समय बाद यह साफ हो जाती है। इससे निकलनेवाला प्रकाश पुंज अंतरिक्ष में फैल जाता है जिससे एक नए ग्रह की उत्पत्ति होती है। वह ग्रह हमारी पृथ्वी जैसा भी हो सकता है। तारों के इन अवशेषों में ऑक्सीजन, नाइट्रोजन, कार्बन, निकिल, सिलिकॉन तथा लोहे जैसे तत्त्व मिलते हैं। हमारी पृथ्वी पुरातन काल में हुए किसी सुपरनोवा के विस्फोट की देन हो सकती है, जिस पर जीवन संभव है।

स्टीफन का मानना है कि जब सुपरनोवा अपनी चरम सीमा पर होता है तो इसका असर कई दिनों तक रहता है। इसकी समस्त द्रव्य-राशि तो आकाश में फैल जाती है किंतु वह अपनी जगह में सुरक्षित रहता है। विस्फोट के दौरान यह अपने अधिकांश भाग को ३०,००० कि.मी. प्रति सैकेंड की रफ्तार से व्योम में फेंकता है, जो प्रकाश की गति का १० प्रतिशत होता है। यदि वह तारा तेज़ी से सिकुड़ने लगता है तो वह एक न्यूट्रॉन तारे का रूप ले लेता है, परंतु इसके लिए उसका द्रव्यमान (Mass) सूर्य के द्रव्यमान (Mass) से दुगना होना चाहिए।

१३

ब्लैक होल का इतिहास

ब्लैक होल का इतिहास अधिक पुराना नहीं है। सन् १७८३ में जॉन मिशेल नाम के एक प्रोफेसर ने हेनरी कावेंडिष को एक पत्र लिखकर अपने एक शोध के बारे में जानकारी दी। उन्होंने इस पत्र में किसी तारे के बारे में संकेत देते हुए लिखा कि वह तारा पर्याप्त रूप से सघन व भारी होगा, इसका गुरुत्वबल इतना अधिक शक्तिशाली होगा कि वह प्रकाश की किरणों को भी बाहर नहीं जाने देगा। उस तारे के पृष्ठ तल से उत्पन्न हुआ किसी भी प्रकार का प्रकाश बहुत दूर जाने से पहले ही गुरुत्वबल के कारण वापस खींच लिया जाएगा। इन तारों का प्रकाश पृथ्वी तक नहीं पहुँच पाएगा, अत: ऐसे तारों को देखा नहीं जा सकेगा। लेकिन इन अदृश्य पिंडों के गुरुत्वबल का अनुभव किया जा सकेगा। जॉन मिशेल ने इस शोध पत्र के माध्यम से अदृश्य पिंडों को ब्लैक होल की संज्ञा दी।

ब्लैक होल का गुरुत्वाकर्षण

जॉन मिशेल कैम्ब्रिज विश्वविद्यालय में प्रोफसर थे और हेनरी

कावेंडिश ब्रिटेन के वैज्ञानिक, दार्शनिक व भौतिक विज्ञानी थे। जॉन मिशेल ने अपने इस शोध को रॉयल सोसाइटी द्वारा प्रकाशित होनेवाली वैज्ञानिक शोध पत्रिका में भी छपवा लिया था।

सन् १७९६ में प्रसिद्ध गणितज्ञ पिएर्रे-साइमन लैप्लेस ने अपनी फ्रेंच पुस्तक 'एक्स्पोसिशन डू सिस्टेम डू मोंडे' के पहले और दूसरे संस्करण में जॉन मिशेल के विचार को बढ़ावा दिया। लेकिन इसे आनेवाले संस्करणों से हटाना पड़ा। ऐसा इसलिए किया गया क्योंकि उस समय यह माना जाता था कि प्रकाश द्रव्यमान रहित एक ऐसी तरंग है जो गुरुत्व के प्रभाव से मुक्त है। आधुनिक ब्लैक होल अवधारणा के विपरीत, ऐसा माना जाता था कि क्षितिज के पीछे की वस्तु का पतन नहीं हो सकता।

सन् १९१५ में, अल्बर्ट आइंस्टाइन ने अपना सामान्य सापेक्षता का सिद्धांत प्रस्तुत किया। आइंस्टाइन पहले से ही इस तथ्य की पुष्टि कर चुके थे कि गुरुत्वाकर्षण प्रकाश की गति पर वास्तव में प्रभाव डालता है।

इस अनंत फैलाववाले ब्रह्माण्ड में मौजूद खगोलीय पिंडो पर समय की गति, वहाँ पर मौजूद गुरुत्वाकर्षण के हिसाब से चलती है। दूसरे शब्दों में ऐसा भी कहा जा सकता है कि जिस स्थान पर गुरुत्वाकर्षण ज्यादा होता है, वहाँ पर समय धीमी गति से चलता है और जिस स्थान पर गुरुत्वाकर्षण कम होता है, वहाँ समय तेज़ रफ्तार से चलता है। हमारे सौरमंडल के सभी ग्रहों पर समय अलग-अलग रफ्तार से चल रहा है। उदाहरण के लिए मंगल ग्रह पर समय पृथ्वी के मुकाबले तेज़ रफ्तार से चल रहा है और बृहस्पति ग्रह पर समय धीमी रफ्तार से चल रहा है।

लेकिन हमारे सौरमंडल के सभी ग्रहों पर समय का यह अंतर काफी मामूली है। यदि हम समय के इस अंतर को महसूस करना चाहते हैं तो हमें किसी ऐसे खगोलीय पिंड के पास जाना होगा, जिसका गुरुत्वाकर्षण हमारे सूर्य से भी करोड़ों गुना अधिक हो और ब्रह्माण्ड में ऐसी संरचनाएँ भी मौजूद हैं, जो समय को भारी मात्रा में प्रभावित कर रही हैं। इन्हीं में से

एक संरचना का नाम है 'ब्लैक होल', जिसे एक प्राकृतिक टाइम मशीन कहा जा सकता है।

ब्रह्माण्ड में अभी तक ज्ञात संरचनाओं में केवल ब्लैक होल ही ऐसी संरचना है, जिसका गुरुत्वाकर्षण बहुत अधिक होता है। यह इतना अधिक होता है कि यह प्रकाश की दिशा भी ३६० डिग्री तक बदल देता है यानी प्रकाश भी इससे बाहर नहीं जा सकता।

आइंस्टाइन के विशेष सापेक्षता सिद्धांत के अनुसार एक निश्चित दूरी पर स्थित एक प्रेक्षक के लिए ब्लैक होल के निकट स्थित घड़ियाँ अत्यंत मंद गति से चलेंगी। विशेष सापेक्षता सिद्धांत के अनुसार समय सापेक्ष है। समय व्यक्तिनिष्ठ है, जिस समय प्रेक्षक 'अब' कहता है, वह केवल स्थानीय निर्देश प्रणाली पर ही लागू होती है, संपूर्ण ब्रह्माण्ड पर नहीं। इस प्रभाव को समय विस्तारण कहा जाता है।

गैर-चक्रित ब्लैक होल के घटना क्षितिज की त्रिज्या

जर्मनी के भौतिक विज्ञानी तथा खगोलविद् भी इसी दिशा में शोध कर रहे थे। आइंस्टाइन के प्रयोग की पुष्टि के कुछ समय पश्चात 'श्वार्जस्चिल्ड' ने एक बिंदु द्रव्यमान और एक गोलाकार द्रव्यमान के गुरुत्वाकर्षण क्षेत्र का समाधान देते हुए अपने शोध द्वारा इस बात के संकेत दिए कि सैद्धांतिक रूप से एक ब्लैक होल का अस्तित्व संभव हो सकता है। उनके शोध को गैर-चक्रित ब्लैक होल के घटना क्षितिज की त्रिज्या के रूप में जाना जाता है, लेकिन इस तथ्य को उस समय पूरी तरह समझा नहीं जा सका था। दिलचस्प बात यह है कि कार्ल श्वार्जस्चिल्ड ने ब्लैक होल की विद्यमानता को सैद्धांतिक रूप में सिद्ध करने के पश्चात् इसकी भौतिक विद्यमानता को स्वयं अस्वीकृत कर दिया था।

इसी दिशा में लगातार शोध पर शोध चलते रहे और सन् १९३० में भारतीय वैज्ञानिक व खगोलविद सुब्रामण्यम चंद्रशेखर ने सामान्य सापेक्षता के सिद्धांत का प्रयोग करते हुए अपना शोध प्रस्तुत किया। उनका मानना

था कि यदि किसी इलेक्ट्रॉन-डिजनरेट पदार्थवाले एक गैर-चक्रित शरीर का सौर द्रव्यमान १.४४ से अधिक होता है तो उसका पतन हो जाएगा। इसका अर्थ यह निकाला गया कि श्वार्जस्चिल्ड त्रिज्या (Radius) पानी के एक 'बुलबुले' की सीमा जैसी थी। इसमें समय रुक जाता था। इसी विशेषता के कारण, पतन हो चुके तारों को कुछ समय के लिए 'फ्रोजेन स्टार्स' के नाम से जाना गया, क्योंकि एक बाहरी तारे की सतह उस समय में जमी हुई दिखाई देगी, जिस पल में तारे का पतन उसे श्वार्जस्चिल्ड त्रिज्या के अंदर ले जा रहा होगा।

अनेक वैज्ञानिक व भौतिकविद् इस विचार को स्वीकार नहीं कर पा रहे थे कि श्वार्जस्चिल्ड त्रिज्या के भीतर समय रुक जाता है।

सन् १९६३ में न्यूज़ीलैंड के गणितज्ञ रॉय केर ने आवर्ती ब्लैक होल संबंधी अपना सीधा और सरल मत प्रस्तुत किया। रॉय केर ने इन घूमनेवाले ब्लैक होलों के अस्तित्व को गणितीय आधार (mathamatical base) प्रदान किया। इस प्रकार के किसी ब्लैक होल का आकार इसके घूमने के दर और द्रव्यमान पर निर्भर करता है। ऐसे ब्लैक होल को अब वैज्ञानिक 'केर का ब्लैक होल' कहकर संबोधित करते हैं। इनकी संरचना बहुत जटिल होती है, तथा घटना क्षितिज भी होता है।

रॉय केर के मत के साथ ही स्टीफन तथा उनके सहयोगी, इंग्लैंड के गणितज्ञ रोज़र पेनरोज़ ने भी सिद्ध कर दिखाया कि सभी ब्लैक होलों में विशेषता पाई जाती है। स्टीफन ने इस तथ्य का खुलासा किया कि ब्रह्माण्ड ही एक ऐसा स्थान है, जहाँ किसी त्रिज्या को प्राप्त करके कोई तारा ब्लैक होल में बन सकता है।

उन्होंने इस बात की भी पुष्टि की कि किसी टूटते हुए तारे का पूर्ण वस्तुमान (the mass) उसके इलाके के अंदर, उसके अपने ही गुरुत्वबल से दब जाता होगा। किंतु उसका अंत तभी हो सकता है, जब वह शून्य आकार तक दब जाए।

अमरीका के सैद्धांतिक व आधुनिक भौतिकविद् जॉन आर्चीबाल्ड व्हीलर ने सन् १९६७ में पहली बार 'ब्लैक होल' शब्द का प्रयोग किया। उन्होंने नासा स्थित गोडार्ड इंस्टीट्यूट ऑफ स्पेस स्टडीज़ में एक सार्वजनिक भाषण में पहली बार 'ब्लैक होल' शब्द से जनसाधारण को परिचित कराया और इसकी व्याख्या की।

१४

ब्लैक होल से जुड़े सवाल

किसी मृत तारे के ब्लैक होल में परिवर्तित होने पर- यह ग्रहों, सूरज तथा चाँद सहित सभी आकाशीय पिंडों को अपनी ओर आकर्षित करता है। जितने अधिक पदार्थ इसके अंदर आते हैं, इसका आकर्षण उतना ही बढ़ता जाता है। यहाँ तक कि इसमें प्रकाश को भी सोख लेने की शक्ति होती है। प्राय: सभी तारे मृत होने के बाद ब्लैक होल नहीं बनते। पृथ्वी के आकार जैसे छोटे तारे मात्र सफेद रंग के छोटे-छोटे कण बनकर ही रह जाते हैं। आकाशगंगा में दिखाई देनेवाले बड़े आकार के तारे न्यूट्रॉन तारे कहलाते हैं। यह अत्याधिक द्रव्यमानवाले पिंड होते हैं। अंतरिक्ष वैज्ञानिक ब्लैक होल को उनके आकार के आधार पर अलग-अलग वर्गीकृत करते हैं। छोटे ब्लैक होल 'स्टेलर ब्लैक होल' कहलाते हैं, जबकि बड़े आकार के ब्लैक होल को 'सुपरमैसिव ब्लैक होल' कहा जाता है। इनका भार इतना अधिक होता है कि एक ब्लैक होल लाखों-करोड़ों सूरज के बराबर हो सकता है।

ब्लैक होल का आकार

ब्लैक होल अदृश्य होते हैं और विशेष प्रकार के उपकरणों की मदद से देखे जा सकते हैं। ब्लैक होल आकार में बड़ा या छोटा हो सकता है। वैज्ञानिकों का मानना है कि सबसे छोटा ब्लैक होल केवल एक परमाणु के रूप में है लेकिन उसका द्रव्यमान एक पर्वत के बराबर हो सकता है। छोटे आकार के ब्लैक होल स्टेलेर का द्रव्यमान, सूर्य के द्रव्यमान की तुलना में २० गुना अधिक हो सकता है। स्टेलेर के निर्माण की स्थिति तब उत्पन्न होती है, जब आकाशीय केंद्र का बड़ा तारा अपने आप इसके अंदर गिर जाता है या अचानक नष्ट हो जाता है। हमारी आकाशगंगा में अनेक तारकीय द्रव्यमान ब्लैक होल मौजूद हो सकते हैं।

वैज्ञानिकों के पास इस बात के ठोस प्रमाण हैं कि प्रत्येक बड़ी आकाशगंगा के केंद्र में एक बड़ा ब्लैक होल होता है। इसमें लगभग ४ मिलियन सूर्य के बराबर द्रव्यमान होता है।

ऐसे ब्लैक होल जिनका द्रव्यमान, सौर द्रव्यमान से भी कम होता है, उनका निर्माण गुरुत्वीय संकुचन के कारण न होकर, अपने केंद्र भाग के पदार्थ का दबाव एवं ताप के कारण कॉम्प्रेस होने से होता है। ऐसे ब्लैक होल को प्राचीन ब्लैक होल या लघु ब्लैक होल के नाम से जाना जाता है। इस प्रकार के ब्लैक होलों के बारे में वैज्ञानिकों की मान्यता है कि इनका निर्माण ब्रह्माण्ड की उत्पत्ति के समय हुआ होगा। स्टीफन हॉकिंग के अनुसार हम ऐसे ब्लैक होलों के अध्ययन से ब्रह्माण्ड की आरंभिक अवस्थाओं के बारे में बहुत कुछ पता लगा सकते हैं।

क्या ब्लैक होल पृथ्वी को नष्ट कर सकता है?

अक्सर लोग आकाश में लाल रंग के तारे को देखकर सहम जाते हैं। उनका मानना है कि वह तारा टूटकर धरती पर गिर सकता है और विनाश का कारण बन सकता है। कुछ लोगों की यह भी मान्यता है कि हमारी पृथ्वी एक दिन ब्लैक होल में समा जाएगी।

स्टीफन ने इस मान्यता से पर्दा उठाते हुए स्पष्ट किया कि ऐसा कुछ भी संभव नहीं हो सकता। आकाश में लाल रंग का तारा ही वास्तव में भविष्य में बननेवाला ब्लैक होल होता है, जिसकी अवधि समाप्ति की ओर होती है और आकार में वह सूर्य से ३ गुना अधिक होता है। लाल रंग के तारों को वृद्ध तारा भी कहा जाता है।

ब्लैक होल के गुरुत्वाकर्षण के कारण, उससे दूर स्थित कोई भी प्रेक्षक यह देखेगा कि ब्लैक होल के अंदर गिरनेवाली कोई भी वस्तु उसके घटना क्षितिज के निकट बहुत कम गति से नीचे गिर रही है, उस तक पहुँचने में अनंत काल-अवधि लगती हुई प्रतीत होती है। उस समय उस वस्तु की समस्त गतिविधियाँ अत्यंत धीमी होने लगती हैं। यही कारण है कि वस्तु का प्रकाश अत्याधिक लाल और धुंधला दिखाई देता है।

कोई भी ब्लैक होल हमारे सौरमंडल के नजदीक नहीं है। स्टीफन ने इस बात की पुष्टि की, यदि किसी ब्लैक होल का द्रव्यमान (mass) सूर्य के द्रव्यमान के बराबर हो जाए तो भी पृथ्वी ब्लैक होल के भीतर नहीं समा सकती। इसका कारण यह है कि जब ब्लैक होल का गुरुत्वाकर्षण सूर्य के बराबर या उससे अधिक हो जाएगा तो ऐसी स्थिति में पृथ्वी और अन्य सभी ग्रह ब्लैक होल की कक्षा में सुरक्षित होंगे, जैसे कि आज वे सूर्य की कक्षा में हैं।

क्या सूर्य भी ब्लैक होल में बदल जाएगा?

कुछ लोगों का यह मत है कि जब तारों का अंत एक ब्लैक होल के रूप में होता है तो क्या सूर्य का अंत भी ब्लैक होल के रूप में होगा। स्टीफन ने इस मान्यता का खंडन करते हुए कहा था कि यह सच है कि कई तारों का अंत ब्लैक होल के रूप में ही होता है, लेकिन सूर्य के ब्लैक होल में बदलने की संभावना नहीं दिखती। ऐसा इसलिए संभव नहीं क्योंकि ब्लैक होल में बदलने के लिए किसी तारे का द्रव्यमान बहुत अधिक होना चाहिए। हमारे सूर्य से लाखों गुना अधिक। सूर्य का द्रव्यमान ब्लैक होल में बदलने के लिए

पर्याप्त नहीं है।

वैज्ञानिकों का दावा है कि अगले ५ करोड़ सालों तक सूर्य को कुछ नहीं होनेवाला, लेकिन इसके बाद सूर्य की ऊर्जा कम होने लगेगी और यह बुध और शुक्र ग्रहों को निगल जाएगा। इससे सूर्य का आकार बढ़ जाएगा। ऐसा होने पर धरती का तापमान कई गुना बढ़ जाएगा। महासागर उबलने लगेंगे और पृथ्वी पर जीवन संभव नहीं रह पाएगा। यही पृथ्वी पर जीवन के अंत की शुरुआत होगी। पृथ्वी पर उथल-पुथल मचाने के बाद सूर्य एक सफेद बौने तारे में बदल जाएगा।

वैज्ञानिक जगत में यह भी माना जाता है कि यदि किसी वजह से सूर्य ब्लैक होल में बदल भी गया तो यह इतना मामूली ब्लैक होल होगा कि ब्रह्माण्ड में इसके होने या न होने से कोई खास फर्क नहीं पड़ेगा। इस ब्लैक होल की सीमा मात्र ३ किलोमीटर होगी। यानी पृथ्वी कम से कम इस ब्लैक होल में गिरकर तो समाप्त नहीं होगी, लेकिन इससे कुछ खास फर्क नहीं पड़ेगा, क्योंकि सूर्य के बिना तो पृथ्वी वैसे ही समाप्त हो चुकी होगी। लेकिन यह सब करीब आठ करोड़ साल बाद होगा। हो सकता है कि तब तक इंसान पृथ्वी के विकल्प के रूप में कोई दूसरा ग्रह खोज ले, जैसा कि स्टीफन ने अपनी चेतावनी में कहा था।

क्या ब्लैक होल को देखा जा सकता है?

स्टीफन ने इस बात को स्पष्ट करते हुए कहा है कि ब्लैक होल को नहीं देखा जा सकता क्योंकि इनका कोई आयतन (volume) नहीं होता और न ही ये किसी प्रकार के पिंड होते हैं। इनकी सिर्फ कल्पना मात्र ही की जा सकती है कि अंतरिक्ष में जहाँ ब्लैक होल है, वह स्थान कैसा हो सकता है। रहस्यमयी ब्लैक होल को उसके इर्द-गिर्द चक्कर लगाती भँवर जैसी चीज़ों से पहचाना जाता है। वर्ष १९७२ में एक्सरे **बाइनरी स्टार सिग्नस एक्स-१** के हिस्से के रूप में सामने आया ब्लैक होल, **सबसे पहला ब्लैक होल था**, जिसकी वैज्ञानिक रूप से पुष्टि की गई। आरंभ में तो इसकी

रिसर्च करनेवाले वैज्ञानिकों में एकमत नहीं था कि यह किसी प्रकार का ब्लैक होल हो सकता है या फिर कोई अत्याधिक द्रव्यमानवाला न्यूट्रॉन तारा। सिग्नस एक्स-१ की ब्लैक होल के रूप में पुष्टि हो जाने पर इसका द्रव्यमान किसी न्यूट्रॉन तारे से कहीं अधिक निकला।

यूरोपीय दक्षिण वेधशाला के वैज्ञानिकों ने हाल ही में अब तक का सबसे विशाल ब्लैक होल ढूँढ़ निकाला है। यह अपने आप में गैलेक्सी ए. बी. सी. १२७७ का १४ फीसदी द्रव्यमान अपने भीतर लेता है।

ब्लैक होल के पार देखना कभी समाप्त ही नहीं होता। यह अंतरिक्ष वैज्ञानिकों को हमेशा नई से नई पहेलियों में उलझाए रखता है।

क्या ब्लैक होल के बाहर आना संभव है?

स्टीफन ने ब्लैक होल के बारे में एक नई प्रकार की जानकारी देकर संपूर्ण विज्ञान जगत को चौंकने पर मजबूर कर दिया था। उन्होंने बताया कि ब्लैक होल के भीतर से बचकर निकलना संभव हो सकता है। अभी तक यह माना जाता था कि इसके आगोश में आनेवाली कोई भी वस्तु बाहर नहीं निकल सकती। किंतु स्टीफन द्वारा किए गए शोध में इस बात का खुलासा कर दिया गया कि ब्लैक होल से बाहर निकल पाना संभव है।

उनके द्वारा सिद्ध की गई यह नवीनतम जानकारी न केवल ब्लैक होल की परिभाषा को बदल देगी बल्कि इस बात पर से भी परदा हट सकेगा कि ब्लैक होल द्वारा निगल जानेवाली किन्हीं वस्तुओं व सूचनाओं का क्या होता है। इस शोध के पूर्व स्टीफन स्वयं यह मानते थे कि ब्लैक होल में समाई हुई सभी सूचनाएँ कहीं खो जाती हैं। लेकिन अपने वैज्ञानिक दिमाग का सूझबूझ से इस्तेमाल करते हुए उन्होंने इस शोध में यह सिद्ध कर दिखाया कि ब्लैक होल के भीतर समाई हुई सूचनाओं के बारे में पता लगाना संभव है।

अभी तक की मान्यताओं के अनुसार वैज्ञानिक जगत का यह मानना था कि ब्लैक होल सपाट होते हैं। लेकिन स्टीफन के शोध ने यह

सिद्ध कर दिखाया कि ब्लैक होल्स वास्तव में मुलायम बालों जैसे दिखाई देनेवाले आभामंडल से घिरे रहते हैं। यह नर्म व मुलायम बाल उन सभी चीज़ों की जानकारी संजोए रखते हैं, जो ब्लैक होल में समा जाती हैं।

केवल ब्लैक होल ही नहीं, स्टीफन हॉकिंग ने अपने जीवन में ब्रह्माण्ड से जुड़े अनेक रहस्यों से पर्दा उठाया। उन्होंने दुनिया को अंतरिक्ष से संबंधी अनेक अहम सिद्धांत भी दिए।

१५

क्वांटम थ्योरी

ब्लैक होल के शोध के साथ ही, स्टीफन ने क्वांटम थ्योरी तथा कॉस्मोलॉजी जैसे विषयों पर भी कार्य करना आरंभ कर दिया। १४ दिसंबर १९०० में मैक्स प्लैंक ने क्वांटम भौतिकी की नींव डाली थी। उन्होंने ब्लैक बॉडी रेडिएशन पर कार्य करते हुए एक नियम दिया, जिसे वीन-प्लैंक नियम के नाम से जाना जाता है। बाद में उन्होंने पाया कि बहुत से प्रयोगों के परिणाम इससे अलग आते हैं। उन्होंने अपने नियम का पुनर्विश्लेषण किया और एक आश्चर्यजनक नई खोज पर पहुँचे, जिसे प्लैंक की क्वांटम परिकल्पना कहा जाता है। प्लैंक की इस परिकल्पना ने भौतिक जगत में हलचल मचा दी। यहीं से जन्म हुआ भौतिकी की नई शाखा 'क्वांटम भौतिकी' का।

इससे पहले इस प्रकार के सिद्धांत प्रचलित थे कि परमाणु किसी भी आवृत्ति (frequency) पर कंपन कर सकते थे। इस गलत अवधारणा के कारण वैज्ञानिकों द्वारा निकाला गया निष्कर्ष भी गलत निकला कि

परमाणु अनंत मात्रा में ऊर्जा उत्सर्जन कर सकते हैं।

मैक्स प्लैंक ने इस समस्या का यह समाधान सुझाया कि परमाणु केवल विशिष्ट या क्वांटीवृत आवृत्तियों पर ही कंपन कर सकते हैं। इसके बाद सन् १९०५ में अल्बर्ट आइंस्टाइन ने फोटोवैद्युत प्रभाव के रहस्य को उजागर कर दिया। फोटोवैद्युत प्रभाव में, धातुओं पर गिरनेवाला प्रकाश विशिष्ट ऊर्जा के इलेक्ट्रॉनों का उत्सर्जन करते हैं। तत्कालीन समय में तरंगों के रूप में प्रकाश का सिद्धांत फोटोवैद्युत प्रभाव के सिद्धांत को समझाने में असफल सिद्ध हो चुका था। इसके लिए आइंस्टाइन ने सुझाया कि प्रकाश फोटॉन के पैकेटों के रूप में होता है। आइंस्टाइन को **प्रकाश के फोटॉन सिद्धांत** के लिए नोबेल पुरस्कार से सम्मानित किया गया।

सन १९२४ में सत्येंद्र नाथ बोस ने प्लैंक के विकिरण नियम को समझाने के लिए एक बिलकुल नई विधि प्रस्तावित की। उन्होंने प्रकाश की कल्पना द्रव्यमानरहित कणों के एक गैस, जिसे अब फोटॉन गैस के नाम से जाना जाता है, के रूप में की।

जनवरी १९२५ से जनवरी १९२८ के बीच के तीन वर्षों की समयावधि में क्वांटम सिद्धांत के क्षेत्र में अचानक नई खोजों की बाढ़ सी आ गई। सन १९२५ में वुल्फगैंग पॉली ने अपना अपवर्जन सिद्धांत दिया, जिसके अनुसार कोई भी दो इलेक्ट्रॉन एक ही क्वांटम अवस्था में नहीं रह सकते हैं।

स्टीफन का कहना था कि प्रकृति के चार मूलभूत बलों में से तीन बलों को क्वांटम सिद्धांत द्वारा अच्छी तरह से समझा जा सकता है, लेकिन गुरुत्वाकर्षण को लेकर समस्या है। यह काफी बड़े स्तर पर कार्य करता है और क्वांटम सिद्धांत अभी तक वहाँ नहीं पहुँच सका है।

उन्होंने बताया कि गुरुत्वाकर्षण को क्वांटम सिद्धांत के साथ जोड़ने के लिए कई विचित्र सिद्धांतों का प्रतिपादन किया जा चुका है, जिनमें कुछ के अनुसार बेतरतीब मात्रा में उतार-चढ़ाव के साथ अंतरिक्ष-समय का ढाँचा दिखने लगता है। इसमें अनंत रूप से कई छोटे ब्लैक होल समाए होते हैं, जिसे 'फोम' कहा जाता है। बिग बैंग यानी महाविस्फोट

के समय पूरे ब्रह्माण्ड में यही फोम व्याप्त था। इसने अंतरिक्ष-समय पर प्रभाव डाला, जिससे आगे चलकर बड़े तारों व आकाशगंगाओं का निर्माण हुआ।

पिछले कुछ समय में हुए सबसे विख्यात क्वांटम सिद्धांत का कहना है कि ब्रह्माण्ड में कणों व बलों का विकास छोटे लूप या स्ट्रिंग्स के कंपनों से होता है। ये स्ट्रिंग या लूप लगभग १०-३५ मीटर तक लंबे होते हैं। एक अन्य सिद्धांत के अनुसार सबसे छोटे स्तरों पर अंतरिक्ष व समय एक दूसरे से पृथक हैं। ऐसा स्पिन नेटवर्कों के कारण होता है। हाल में एक अन्य सिद्धांत में इस बात का प्रतिपादन किया गया है, जिसे डबल स्पेशल रिलेटिविटी कहते हैं। लेकिन इसे अभी तक एक विवादास्पद सिद्धांत माना जाता है जो गुरुत्वाकर्षण, प्रसरण और अदृश्य ऊर्जा की बात भी करता है।

स्टीफन ने असाधारण काम करते हुए भौतिक विज्ञान के दो अलग-अलग क्षेत्रों को एक साथ पेश किया, जैसा पहले कभी नहीं हुआ था। **क्वांटम थ्योरी** के अंतर्गत दुनिया की सबसे छोटी चीज़ों जैसे परमाणु के बारे में जानकारी मिलती है, जबकि **जनरल रिलेटीविटी यानी सामान्य सापेक्षता** के सिद्धांत में ब्रह्माण्ड की विशालकाय चीज़ों जैसे तारों और आकाशगंगाओं के बीच के समीकरणों पर प्रकाश डाला जाता है। सामान्य तौर पर ये दोनों सिद्धांत एक-दूसरे के विपरीत लगते हैं। उनका मानना था कि क्वांटम भौतिकी के नियमों का पालन करनेवाले परमाणुओं व अन्य परमाणु कणों का उपयोग करने से आनेवाले समय में कई उन्नत तकनीकों का विकास करना संभव है।

वर्तमान में वैज्ञानिक क्वांटम भौतिकी के रहस्यमय संसार की गुत्थी सुलझाने में लगे हुए हैं, जिससे उसका अनुप्रयोग उन्नत टेक्नोलॉजी के क्षेत्र में किया जा सके। साथ ही वैज्ञानिक क्वांटम भौतिकी और सामान्य सापेक्षता के सिद्धांत को आपस में जोड़कर क्वांटम गुरुत्वाकर्षण के सिद्धांत को खड़ा करने में भी जुटे हुए हैं।

१६

ब्रह्माण्ड की रचना अपने आप हुई

अनेक लोग स्टीफन के इस कथन से हैरान होते हैं कि उन्होंने ऐसा क्यों कहा कि 'ईश्वर ने दुनिया नहीं बनाई। 'द ग्रैंड डिजाइन' नामक पुस्तक में उन्होंने लिखा था कि ब्रह्माण्ड की रचना अपने आप हुई है।

७६ वर्ष की आयु में इस संसार को अलविदा कहने से पहले, स्टीफन ने करोड़ों युवाओं को विज्ञान पढ़ने के लिए प्रेरित किया। उन्होंने विज्ञान की नज़र से ही पृथ्वी पर इंसानों का अंत, ईश्वर के अस्तित्व पर सवाल तथा एलियनों के अस्तित्व पर प्रकाश डालते हुए अपनी बात पर जोर दिया। इसके लिए उन्हें अनेक धार्मिक संस्थानों व संप्रदायों की ओर से विरोध का सामना भी करना पड़ा। उन्होंने अपनी पुस्तक 'द ग्रैंड डिजाइन' में ईश्वर के अस्तित्व को स्पष्ट रूप से नकारा है।

स्टीफन ने सौरमंडल के एक नए ग्रह के बारे में बात करते हुए ईश्वर के अस्तित्व के बारे में सवाल उठाया। वर्ष १९९२ में एक ग्रह की खोज की गई थी। यह ग्रह हमारे सूर्य की अपेक्षा किसी दूसरे सूर्य

की परिक्रमा कर रहा था। स्टीफन ने इसी ग्रह का उदाहरण देते हुए कहा कि 'यह खोज इस बात का खुलासा करती है कि हमारे सौरमंडल के खगोलीय संयोग, एक सूर्य, पृथ्वी तथा सूर्य के बीच में उचित दूरी व सोलर मास, ये सब एक सबूत के तौर पर यह जानने के लिए ही काफी हैं कि पृथ्वी को इतनी सावधानी से इंसानों को खुश करने के लिए बनाया गया था।' उन्होंने सृष्टि के निर्माण के लिए गुरुत्वाकर्षण के नियम को श्रेय दिया। स्टीफन का मानना था कि 'गुरुत्वाकर्षण के नियम के कारण ही ब्रह्माण्ड अपने आपको एक बार पुन: शून्य से शुरू कर सकता है और करेगा भी। यह अचानक होनेवाली खगोलीय घटनाएँ हमारे अस्तित्व के लिए जिम्मेदार हैं। ऐसे में ब्रह्माण्ड को चलाने के लिए किसी ईश्वर की आवश्यकता नहीं।' उनके द्वारा दिए गए इस बयान के परिणामस्वरूप उन्हें अनेक धार्मिक पंथों तथा धर्म गुरुओं के विरोध का सामना करना पड़ा।

अपनी प्रथम पुस्तक के प्रकाशन के साथ ही स्टीफन चर्चा में आ चुके थे। क्वांटम थ्योरी के अध्ययन से उनके शोध को और भी बल मिला। १९७४ में उन्होंने 'ब्लैक होल विस्फोट सिद्धांत' को सिद्ध कर दिया। इस सिद्धांत को लेकर एक सम्मेलन में हुई किसी चर्चा के दौरान उन्हें अपमानित भी होना पड़ा लेकिन बाद में उन्होंने इसे विज्ञान की एक पत्रिका में प्रकाशित कराया तो भौतिकी वैज्ञानिकों ने पढ़कर इसे बहुत सराहा।

इस दौरान वे पूरी तरह से व्हील चेयर पर आ चुके थे क्योंकि अब वे अपने पैरों पर चल नहीं सकते थे। उनका झुकाव अपने शोध कार्यों तथा वैज्ञानिक सिद्धांतों को प्रतिपादित करने में था। वे ईश्वर की आस्था में विश्वास नहीं रखते थे। उनका मानना था कि ईश्वर भी विज्ञान की ही एक कल्पना है। इस बात की व्याख्या उन्होंने अपनी आनेवाली पुस्तक में भी की। ईश्वर के संबंध में वे हमेशा यही कहते थे, 'ईश्वर ने नहीं बनाई दुनिया। यदि ऐसा होता तो वह (ईश्वर) किसी न किसी रूप में इस संसार में कहीं निवास कर रहा होता। यदि उसने इस ब्रह्माण्ड का निर्माण

किया है तो वह उससे पहले क्या कर रहा था?' उनके इस विचार से उन्हें अनेक धार्मिक संप्रदायों तथा धर्म गुरुओं द्वारा अपमानित भी होना पड़ता था। लेकिन वे अपने विचार से डगमगाते नहीं थे।

उनके इन विचारों को सुनकर जेन भी दु:खी होती थी। लेकिन वह कभी उनसे इस बारे में बहस नहीं करती। वह जानती थी कि स्टीफन की बीमारी गंभीर है। उनसे किसी प्रकार की बहस, उनके विश्वास को डगमगा सकती है और उनके कार्य में व्यवधान पड़ सकता है।

खण्ड 3
स्टीफन के जीवन की सेकण्ड इनिंग्स

१७

कॉलटेक में शिक्षण

जेन ने महसूस किया कि अब वह समय आ गया है, जब स्टीफन को पूरा समय किसी सहायक की आवश्यकता है। पूरी तरह से व्हील चेयर पर आ जाने के बाद स्टीफन के साथ अनेक परेशानियों ने जन्म लिया। पहले तो वे अपने छोटे-छोटे कार्य स्वयं ही कर लिया करते थे। लेकिन अब उन्हें इसके लिए दूसरों की मदद की आवश्यकता महसूस हो रही थी।

उसी वर्ष, १९७४ में उन्हें कॉलटेक अर्थात कैलीफोर्निया इंस्टीट्यूट ऑफ टेक्नोलॉजी से भी आगामी सत्र १९७४-७५ के लिए बतौर विजिटिंग प्रोफेसर के पद का प्रस्ताव आया। इस प्रस्ताव में उनके लिए आकर्षक वेतन की पेशकश की गई थी। उनके बच्चों लूसी व रॉबर्ट के लिए भी बेहतर शिक्षा की व्यवस्था का प्रस्ताव था और रहने के लिए निवास, इंस्टीट्यूट आने-जाने के लिए कार तथा विद्युत चलित व्हील चेयर आदि की व्यवस्था।

यहाँ जेन की उस समस्या का समाधान भी हो गया, जिसके बारे में वह सोचकर चिंतित हो रही थी कि अब स्टीफन को पूरा समय किसी सहायक की आवश्यकता है। स्टीफन को कॉलेज से इतनी अधिक सुविधाएँ मिल गईं, जिससे उसकी अधिकतम परेशानी हल हो गई।

स्टीफन ने खुशी-खुशी कॉलटेक का प्रस्ताव स्वीकार कर लिया और निर्धारित समय पर कैम्ब्रिज से कैलिफोर्निया स्थानांतरित हो गए।

कॉलटेक कैलिफोर्निया के पासादेना नामक स्थान पर स्थित है। जलवायु के आधार पर देखा जाए तो इस स्थान को बहुत उत्तम माना जाता है। इसे विश्व के श्रेष्ठ विश्वविद्यालयों में से एक माना जाता है। इसमें प्राकृतिक विज्ञान तथा इंजीनियरिंग संबंधित विभिन्न श्रेणी के पाठ्यक्रम उपलब्ध हैं। इस विश्वविद्यालय की शुरुआत सन् १८९१ में एक व्यावसायिक स्कूल के रूप में हुई थी और सन् १९२१ में इसे इसका वर्तमान नाम प्रदान किया गया।

यहाँ आकर स्टीफन ने अपने शोध कार्यों को एक नए रूप में आगे बढ़ाया। यहाँ उनकी मुलाकात अनेक नए लोगों से हुई जो पहले से ही उनकी प्रतिभा से परिचित थे। उन्होंने रोज़र पेजरोज़ के सहयोग से सैद्धांतिक खगोल भौतिकी में एक शोध प्रस्तुत किया। इस शोध के पुरस्कार स्वरूप उन्हें सन् १९७५ में 'एडिगंटन मेडल' से सम्मानित किया गया। यह मेडल सर आॅर्थर एडिंगटन के नाम पर दिया जाता है। इसे प्रत्येक दो या तीन वर्ष के पश्चात सैद्धांतिक खगोल भौतिकी के क्षेत्र में उत्कृष्ट योग्यता के लिए पुरस्कार स्वरूप प्रदान किया जाता है। कॉलटेक में ही उनकी मुलाकात डॉन नेल्सल पेज नामक भौतिकी विज्ञानी से हुई। डॉन क्वांटम विज्ञान पर शोध कर रहे थे। यह स्टीफन का भी पसंदीदा विषय था। वे काफी समय तक डॉन के संपर्क में रहे। कॉलटेक से आने के बाद डॉन भी स्टीफन के सहयोगी बन गए और काफी समय तक उनके साथ कार्य करते रहे।

कॉलटेक में शिक्षण की समयावधि समाप्त होने से पहले उन्हें **पीउस-११** गोल्ड मेडल भी प्रदान किया गया। यह मेडल उन्हें रोम में हुए एक सम्मेलन में प्रदान किया गया था। स्टीफन के अनुसार उन्होंने कॉलटेक में अपने जीवन का एक बेहतर समय गुजारा था। यहाँ से चले जाने के बाद भी स्टीफन प्रतिवर्ष अपना कुछ समय यहाँ व्यतीत करने के लिए आते थे। कॉलटेक का वातावरण व जलवायु उन्हें बेहद पसंद था। वैसे भी यहाँ के माहौल ने उनकी विचारधारा को एक नया रूप दिया था।

१८

रॉयल सोसाइटी द्वारा सम्मान

एक दिन स्टीफन को समाचार मिला कि ब्लैक होल के संदर्भ में किए गए उनके शोध को रॉयल सोसाइटी द्वारा पुरस्कार के लिए चुना गया है। उनके लिए यह खबर किसी विस्फोट से कम नहीं थी। खबर के फैलते ही उन्हें बधाई देनेवालों की भीड़ लग गई।

उसके बाद १९७४ में उन्हें रॉयल सोसाइटी के सम्मानित सदस्यों में भी शामिल कर लिया गया। वास्तव में रॉयल सोसाइटी का पूरा नाम 'रॉयल सोसाइटी ऑफ लंदन फॉर द इम्प्रूवमेंट ऑफ नैचरल नॉलेज' है। रॉयल सोसाइटी में विश्व स्तर पर वैज्ञानिकों की एक फैलोशिप होती है, जिसमें विज्ञान के विकास को बढ़ावा दिया जाता है। यह विश्व की सबसे पुरानी विज्ञान अकादमी है। यह आधुनिक विज्ञान के शैशवकाल से लेकर आज तक की विकास यात्रा में एक सहयोगी, संरक्षक एवं जानकार साक्षी की भूमिका निभाती आ रही है।

रॉयल सोसाइटी की औपचारिक रूप से स्थापना २८ नवंबर, १९६० को हुई थी। ऐसा भी माना जाता है कि आधुनिक विज्ञान की शुरुआत सन् १६३२ में हुई जब महान खगोल विज्ञानी गैलीलियो ने

अपनी पुस्तक 'डायलॉग ऑन द टू चीफ सिस्टम्स ऑफ द वर्ल्ड' प्रकाशित की। इसी पुस्तक में गैलीलियो ने दूसरे महान खगोल विज्ञानी कॉपरनिक्स द्वारा प्रस्तावित सूर्य केंद्रित विश्व की अवधारणा के पक्ष में प्रमाण के साथ अपने तर्क प्रस्तुत किए थे। इसके २८ साल बाद ही सन् १६६० में रॉयल सोसाइटी की स्थापना हुई। अत: यह कहना शायद गलत नहीं होगा कि रॉयल सोसाइटी की स्थापना आधुनिक विज्ञान की उत्पत्ति के साथ ही हुई थी।

रॉयल सोसाइटी का सदस्य चुने जाना अपने आप में बहुत बड़े सम्मान की बात थी। रॉयल सोसाइटी के सदस्य बनने के बाद स्टीफन के शोध कार्यों की जमकर सराहना होने लगी। उन्हें कई जगह बुलाया जाने लगा। उन्हें आने-जाने के लिए अब काफी मुश्किलों का सामना करना पड़ता था। अत: उन्होंने अपने लिए एक इलेक्ट्रिक व्हील चेयर का इंतजाम भी कर लिया था, जो पूर्णतया ऑटोमेटिक थी। आगे चलकर उन्हें सन् १९७६ में रॉयल सोसाइटी द्वारा 'ह्यूजेस मेडल' से भी अलंकृत किया गया। यह मेडल डेविड ई. ह्यूजेस के नाम पर सम्मान स्वरूप दिया जाता है। इस सम्मान के अंतर्गत मेडल के साथ १००० पाउंड भी दिए जाते हैं।

कॉलटेक से अनुबंध समाप्त होते ही वे वापस कैम्ब्रिज लौट आए थे। लोगों का यह मानना था कि हो सकता है स्टीफन कैलिफोर्निया में ही बस सकते हैं। लेकिन ऐसा नहीं हुआ। उन्हें कैम्ब्रिज विश्वविद्यालय में ही, गणित विभाग में रीडर का पद दे दिया गया और वे आगे का जीवन वहाँ व्यतीत करने लगे।

१९७६ में विश्व प्रसिद्ध चैनल बी.बी.सी. ने स्टीफन के जीवन व उनके कार्यों पर आधारित एक डॉक्यूमेंट्री फिल्म का निर्माण किया। इस फिल्म का नाम 'द की टू द यूनिवर्स' था।

सन् १९७७ में उन्हें पदोन्नति दी गई और वे ग्रेविटेशनल भौतिक विज्ञान के प्रोफेसर नियुक्त किए गए।

१९

ल्यूकेशन प्रोफेसर

सन् १९७८ में स्टीफन को 'अल्बर्ट आइंस्टाइन पुरस्कार' से सम्मानित किया गया। यह वह दौर था जब स्टीफन को लगातार एक के बाद एक पुरस्कार मिलते जा रहे थे। ऑक्सफोर्ड विश्वविद्यालय ने भी उन्हें मानद की उपाधि प्रदान की।

पुन: कैम्ब्रिज स्थानांतरित हो जाने के बाद स्टीफन अपने अधिकतम समय को समाज के लिए ही देना चाहते थे। लेकिन पिछले कुछ समय से उनका स्वास्थ्य पुन: जवाब देने लगा था और उन्हें एक बार फिर से अस्पताल में भर्ती कराना पड़ा। स्टीफन के अस्पताल भर्ती होने से जेन को बहुत परेशानी झेलनी पड़ती थी। एक बार तो ऐसा भी हुआ कि उनके बच्चे रॉबर्ट और लूसी दोनों ही चेचक की जकड़ में आ गए। उस समय जेन के लिए उन्हें संभालना बहुत कठिन हो गया था।

१९७९ में स्टीफन को कैम्ब्रिज विश्वविद्यालय में ल्यूकेशन प्रोफेसर ऑफ मैथेमैटिक्स के रूप में चुना गया। इसे पूरे विश्व में सबसे

चर्चित एकैडेमिक चेयर के रूप में जाना जाता है। सर आइजक न्यूटन भी इसी पद पर रहनेवाले दूसरे व्यक्ति थे। न्यूटन को गुरुत्वाकर्षण के सिद्धांत की व्याख्या करने के संबंध में इस पद से सम्मानित किया गया था। इस पद को 'न्यूटन चेयर' के नाम से भी जाना जाता है।

ल्यूकेशन चेयर का पद पूरे विश्व में एक सम्मानजनक पद के रूप में देखा जाता है। इस पद का शुभारंभ सन् १६६३ में हुआ था। यह हेनरी लुकास की वसीयत के अनुसार शुरू किया गया एक सम्मान था। हेनरी ने अपनी वसीयत में इस बात का स्पष्टता से वर्णन किया था कि इस पद को पानेवाले सम्मानित व्यक्ति को एक आकर्षक वेतन के साथ वर्षभर में अन्य कई सुविधाएँ भी प्रदान की जाएँगी।

इस अवसर पर कैम्ब्रिज विश्वविद्यालय के परिसर में स्टीफन द्वारा एक शानदार भाषण दिया गया, जिसका मुख्य उद्देश्य था– 'क्या सैद्धांतिक भौतिक विज्ञान अंतिम दौर में चल रहा है?'

उन्होंने अपने भाषण में कहा, 'मैंने अपने शोध के माध्यम से इस बात के ठोस प्रमाण एकत्र किए हैं कि भौतिक विज्ञान का अंत बहुत जल्दी होनेवाला है। जिस रफ्तार से यह युग तकनीकी के क्षेत्र में तरक्की कर रहा है, मुझे लगता है कि कम्प्यूटर सभी व्यक्तियों के दिमाग का स्थान ले लेंगे और उन पर कब्जा कर लेंगे। इससे साफ जाहिर है कि व्यक्ति का दिमाग कमज़ोर होता जाएगा और वह कम्प्यूटर जैसी चीज़ों पर अधिक भरोसा करने लगेगा।'

स्टीफन के भाषण से कुछ लोगों ने उनके विरोध में अपनी प्रतिक्रिया जाहिर की। वे उनके मत से किसी भी कीमत पर सहमत नहीं थे। उन्होंने स्टीफन द्वारा संकेत की गई भविष्य में होनेवाली घटनाओं के संबंध में उनका उपहास उड़ाना शुरू कर दिया। कुछ लोगों का तो यहाँ तक कहना था कि स्टीफन जैसे व्यक्ति को ल्यूकेशन प्रोफेसर के रूप में सम्मान देना किसी गलत निर्णय का नतीजा था। इस पद के लिए किसी

सक्रिय, विद्वान तथा कुशल व्यक्ति का चयन किया जाना चाहिए था, न कि स्टीफन जैसे एक बीमार, व्हील चेयर पर बैठे किसी ऐसे रोगी का जो पल-पल अपने जीवन के लिए संघर्ष कर रहा है।

स्टीफन ने हेलेन मिआलेट से हुए एक साक्षात्कार के दौरान बताया, 'मैं हमेशा ऐसा महसूस करता हूँ जैसे कि मुझे डिप्टी प्रोफेसर के रूप में चुना गया है। मैं नहीं जानता था कि मैं इतने लंबे समय तक इस पद पर रहनेवाला हूँ। मुझे यह भी नहीं मालूम था कि मेरा शोध कार्य इतना सराहा जाएगा कि मैं इस सम्मानजनक पद के लिए उपयुक्त पाया जा सकता हूँ।'

इस सम्मान को पानेवाले विशिष्ट व्यक्तियों में केवल डीराक तथा स्टीफन ही ऐसे दो व्यक्ति थे, जो कैम्ब्रिज विश्वविद्यालय से ग्रेजुएट नहीं थे। इन दोनों के अलावा जो भी व्यक्ति इस पद के लिए चुना गया था, उसने कैम्ब्रिज से ग्रेजुएट की परीक्षा उत्तीर्ण की थी। स्टीफन १९७९ से २००९ के दौरान तीन दशक तक इस पद पर सम्मानजनक रूप से बने रहे।

२०

एप्पल-२ : बोलनेवाला कम्प्यूटर

अपनी पहली पुस्तक के प्रकाशित होने के बाद स्टीफन एक नया शोध करने की योजना बना रहे थे। लेकिन इससे पहले कि वे इसकी कोई रूपरेखा बना पाते, उनके स्वास्थ्य में जबरदस्त गिरावट आनी शुरू हो गई। सन् १९८०-८१ के दौरान उन्हें एक बार पुनः अस्पताल में भर्ती कराया गया। इस बार उनका इलाज कर रहे डॉक्टरों ने भी उनके गिरते हुए स्वास्थ्य पर चिंता व्यक्त की। डॉक्टरों को लग रहा था कि भविष्य में स्टीफन का शरीर बीमारी के कारण किसी भी प्रकार की प्रतिक्रिया दे सकता है, जो उनके स्वास्थ्य के लिए हानिकारक सिद्ध हो सकती है। अत: यह फैसला लिया गया कि उन्हें पूरा समय किसी नर्स की आवश्यकता है, जो समय पड़ने पर उनकी देखरेख कर सके। नर्स रखने के बाद जेन ने भी राहत की साँस ली। उनके बच्चों का दाखिला भी अच्छे स्कूल में हो गया था। अत: वह आराम से अपने काम और संगीत के लिए समय निकाल सकती थी।

डॉक्टरों ने इस बार किसी तरह स्टीफन की जान तो बचा ली

लेकिन भविष्य के बारे में अपने हाथ खड़े कर दिए। उनके हाथ तो उस समय ही खड़े हो गए थे, जब स्टीफन मात्र २१ वर्ष के थे और पहली बार उनकी बीमारी का पता चला था कि वे अधिक से अधिक दो से तीन वर्ष तक ही जीवित रह सकते हैं। लेकिन ये स्टीफन हॉकिंग थे- जो अभी भी विश्व को न जाने कितना कुछ देकर जानेवाले थे और अधिक से अधिक समय तक जीवित रहने की कल्पना करते हुए अपनी मौत को टालते आ रहे थे।

इस बार के झटके के बाद उन्हें ठीक से बोलने में भी कठिनाई होने लगी। उनके मुख से निकलनेवाले शब्दों के धारा प्रवाह में कमी आने लगी। किसी अनजान व्यक्ति को उनकी बात समझ नहीं आती थी। उसे केवल वही व्यक्ति समझ सकता था जो उनके आसपास रहता था।

बीमारी में ट्रैकयोस्टोमी के कारण सन् १९८५ तक आते-आते उनकी आवाज भी पूरी तरह चली गई। उस दौरान उनकी हालत इतनी अधिक गंभीर हो गई कि उन्हें एक बार फिर से बहुत समय तक डॉक्टरों की निगरानी में रखा गया। हालाँकि स्टीफन अपनी आवाज के चले जाने से दुःखी थे, लेकिन वे इस बात को सोचकर संतुष्ट थे कि कम से कम डॉक्टरों ने उनकी जान बचा ली। वे यह भी सोचने लगे कि बिना बोले वे इस संसार से किस प्रकार संपर्क बनाए रख सकते हैं। इस बारे में सोचकर वे स्वयं को असहाय महसूस कर रहे थे।

अब उनके लिए किसी प्रशिक्षित नर्स की आवश्यकता थी, जो पूरा समय उनकी देखभाल कर सके। उस समय नर्सों का वेतन बहुत अधिक होता था। वैसे भी उनके लिए ऐसी नर्स की आवश्यकता थी जो उनके सारे काम कुशलतापूर्वक संभाल सके। जेन ने स्टीफन के एक सहयोगी किप स्टीफन थोर्न से इस विषय में विचार विमर्श किया। किप एक लंबे समय से स्टीफन के साथ जुड़े हुए थे और उनके साथ मिलकर उनके सहयोगी के रूप में कार्य करते थे।

किप ने जेन को बताया कि इस प्रकार तो स्टीफन के लिए नर्स रखने में बहुत ज्यादा धनराशि व्यय करनी पड़ सकती है। वे अमरीका की

एक संस्था के बारे में जानते थे, जो इस विषय में उनकी मदद कर सकती थी। इस संस्था का नाम मैक आर्थर फाउंडेशन था। जेन ने इस संस्था से संपर्क किया और मदद के लिए एक आवेदन पत्र भी भरकर भेजा। मैक आर्थर फाउंडेशन ने उनके अनुरोध को स्वीकार करते हुए स्टीफन के लिए एलाइन मेसन नाम की एक नर्स की व्यवस्था कर दी।

इस बार स्टीफन की जान तो बच गई लेकिन उनका पूरा का पूरा शरीर लकवाग्रस्त हो चुका था। अब वे न तो अपने शरीर को हिला सकते थे और न ही कुछ बोल सकते थे।

आरंभ में वे स्पेलिंग कार्ड के माध्यम से लोगों तक अपनी बात पहुँचाते थे। वे अपनी आँखों के माध्यम से अलग-अलग अक्षरों की ओर इशारा करते। फिर एक सहायक उन अक्षरों जो जोड़ता और उन्हें मिलाकर एक शब्द बनाता। इस प्रकार विभिन्न शब्दों को मिलाकर वे लोगों से बात करते लेकिन यह बहुत कठिन काम था।

उन दिनों मार्टिन किंग नाम के एक भौतिक विज्ञानी ने उनके लिए बातचीत करने का कोई तरीका खोज निकालने का बीड़ा उठाया। उसने कैलिफोर्निया स्थित एक कम्प्यूटर प्रोग्रामिंग कंपनी की मदद ली। उस कंपनी का नाम वर्डस प्लस था। कंपनी के सी.ई.ओ. वाल्टर वोल्टोज़ ने उनके लिए एक ऐसे कम्प्यूटर प्रोग्राम का निर्माण करने का वचन दिया जिसकी मदद से स्टीफन लोगों से संपर्क बनाए रख सकते थे। वाल्टर का कहना था कि वे इससे पहले भी एक ऐसा यंत्र बना चुके हैं, जिसे उनकी सासू माँ भी इस्तेमाल कर रही थीं। उनकी सासू माँ भी स्टीफन जैसी ही बीमारी की शिकार थीं, जो न तो बोल सकती थीं और न ही लिख सकती थीं।

आरंभ में मार्टिन किंग ने वाल्टर से इस विषय में बात की और वह यंत्र बनाने का अनुरोध किया। वाल्टर ने पूछा कि 'क्या वे यह यंत्र प्रसिद्ध भौतिक विज्ञानी स्टीफन हॉकिंग के लिए बनवाना चाहते हैं?' उस समय तो मार्टिन किंग ने उन्हें उनका नाम बताने से मना कर दिया लेकिन जब वाल्टर को पता चला कि स्टीफन हॉकिंग ही वे व्यक्ति हैं

जिनके लिए उन्हें यह यंत्र बनाना है तो वे सहर्ष इसे बनाने के लिए तैयार हो गए। उन्होंने कहा कि वे बिना किसी धनराशि के इसे स्टीफन हॉकिंग के लिए तैयार करेंगे।

उन्होंने स्टीफन के लिए एक ऐसा सॉफ्टवेयर तैयार किया जो टैक्सट टू स्पीच पद्धति पर आधारित था। इस इक्वलाइज़र को एप्पल-२ कम्प्यूटर के साथ जोड़ा गया। यह एक ऐसा सॉफ्टवेयर था जो उनके सिर और आँखों में होनेवाली प्रतिक्रिया के साथ कार्य करता था। स्टीफन अपने कम्प्यूटर स्क्रीन पर दिखनेवाले उन शब्दों को चुनते थे, जिन्हें वे कहना चाहते थे। इससे स्पीच सिंथेसाइजर उन शब्दों को स्पीच में बदल देता था।

शुरू में उनकी उंगलियाँ थोड़ा-थोड़ा काम करती थीं। अत: उन्हें जो भी कहना होता था, वे हैंड व क्लिकर के माध्यम से उसे सिलेक्ट कर लेते। इस सिस्टम पर काम करते रहने से वे धीरे-धीरे इसके अभ्यस्त हो गए। वे एक मिनट में औसतन १५ शब्द कह सकते थे। हालाँकि यह एक बहुत धीमी गति से होनेवाला संप्रेषण था, लेकिन स्टीफन इसे भी विज्ञान का एक चमत्कार ही मानते थे। उनका कहना था कि 'हमारे विज्ञान ने इतनी अधिक उन्नति कर ली है कि आज अपनी आवाज के चले जाने के बाद भी वे वैज्ञानिक तकनीक के माध्यम से लोगों से संपर्क बनाए हुए हैं।' उन्होंने इस क्षेत्र में कार्य कर रहे सभी वैज्ञानिकों को अपनी ओर से बधाई और शुभकामनाएँ दीं।

धीरे-धीरे उनकी उंगलियों और अंगूठे ने भी काम करना बंद कर दिया। वर्ष २००८ के दौरान उनके हाथ इतने अधिक कमज़ोर हो गए कि वे हाथ से क्लिकर का इस्तेमाल भी नहीं कर सकते थे। उस समय उनके लिए एक स्विचवाला यंत्र तैयार किया गया जिसे 'चीक स्विच' कहा जाता था। वे अपने गाल से जुड़े हुए एक सेंसर के माध्यम से उस प्रोग्राम को डायरेक्ट किया करते थे। इसी प्रोग्राम के माध्यम से वे ई-मेल लिखते, इंटरनेट पर ब्राउज़िंग करते, पुस्तकों का लेखन करते तथा लोगों से संपर्क बनाए रखते।

२१

पिता का निधन

स्टीफन के पिता फ्रैंक अब अक्सर अस्वस्थ रहने लग गए थे। उनकी आयु ८० वर्ष की हो चुकी थी। उन्होंने अपने समस्त जीवन में एक चिकित्सक के रूप में कार्य करते हुए अनेक शोध किए और वैज्ञानिक गतिविधियों में भाग लिया। लेकिन पिछले काफी समय से वे कार्य नहीं कर सकते थे। उनका अधिकतर समय नौकायन, घर के लिए मदिरा बनाने, मधुमक्खियाँ पालने, बागबानी और लेखन जैसे कार्यों में बीतता था। वे अपने परिवार के लिए बहुत निष्ठावान साबित हुए थे।

एक दिन स्टीफन को उनके निधन का समाचार मिला। वह ४ मार्च, १९८६ का दिन था। पिता के निधन का समाचार सुनकर स्टीफन की आँखों में आँसू आ गए। वे मन ही मन बहुत दुःखी हुए। उनकी आँखों के आगे अपने पिता के साथ बिताए गए यादगार पल तेज़ी से घूमने लगे। स्टीफन अपने पिता से बहुत स्नेह रखते थे। फ्रैंक भी स्टीफन को बहुत प्यार करते थे। फ्रैंक ने अपने जीवन के ८० वर्ष पूरे किए थे। व्यवहारिक

तौर पर देखा जाए तो उन्होंने एक अच्छी और लंबी आयु पाई थी।

पिता की मौत ने स्टीफन को मानसिक रूप से बहुत गहरा आघात पहुँचाया था। अभी वे मुश्किल से इस लायक हुए थे कि व्हील चेयर पर बैठ सकते थे और अपनी नर्स व सहायक की मदद से अपने काम में पुन: ध्यान लगाने लगे थे। किंतु पिता की मौत से वे एक बार फिर अपने काम से काफी पिछड़ गए।

२२

जेरूसलेम : वोल्फ पुरस्कार

सन् १९८८ में स्टीफन जेरूसलेम की यात्रा पर गए। इस यात्रा में जेन भी उनके साथ थी। यहाँ स्टीफन और उनके सहयोगी रोज़र पेनरोज़ को संयुक्त रूप से 'वोल्फ' पुरस्कार से सम्मानित किया गया। यह पुरस्कार इज़राइल की वोल्फ फाउंडेशन द्वारा 'थ्योरी ऑफ जनरल रिलेटिविटी' के क्षेत्र में दिया जाता है। चूँकि दोनों ने ब्रह्माण्ड संबंधी विलक्षणताओं व ब्लैक होल के क्षेत्र में महत्वपूर्ण कार्य किए थे, अतः उन्हें संयुक्त रूप से यह पुरस्कार प्रदान किया गया। पुरस्कार समारोह में कहा गया कि स्टीफन ने अपनी संभावित संरचना के शक्तिशाली विश्लेषण और भौतिक घटनाओं के विवरण के लिए एक नया ढांचा बनाया है। यह पूरी तरह एक नया ढांचा है, जिससे गणितीय उपकरणों के आविष्कार द्वारा अंतरिक्ष-समय की हमारी समझ को काफी बढ़ा दिया है। इज़राइल यात्रा के दौरान उन्हें एक विशेष तौर से तैयार की गई एक वैन भी दी गई। स्टीफन इस वैन का उपयोग विभिन्न स्थानों पर ले जाने के लिए किया करते।

यहाँ एक पत्रकार ने उनसे पूछा कि ईश्वर और धर्म के बारे में उनके क्या विचार हैं? स्टीफन ने अपने चिर-परिचित अंदाज में ईश्वर के अस्तित्व को नकारते हुए खुले तौर पर कह दिया कि उन्हें ईश्वर जैसी किसी चीज़ पर आस्था नहीं है।

सन् २००६ में वे दोबारा जेरूसलेम की यात्रा पर गए। इस बार उन्हें इज़राइल एकैडेमी ऑफ साइंस एंड ह्यूमैनिटीज़ की ओर से, विशेष रूप से, एक सम्मानित अतिथि के रूप में आमंत्रित किया गया था। वहाँ उनकी मुलाकात प्रोफेसर अशर यहालोम से हुई। प्रोफेसर अशर वर्ष २००५-०६ के दौरान एरियल यूनिवर्सिटी के सह अध्यक्ष थे। पहले तो उन्होंने स्टीफन से मुलाकात करने के लिए बहुत प्रयत्न किए। लेकिन उनका कहना था कि स्टीफन अधिकतर समय अपने सहयोगियों, नर्स और सेक्रेटरी से ही घिरे रहते थे। वे बहुत मुश्किल से उनसे मुलाकात करने में कामयाब हो सके। प्रोफेसर का कहना था कि वे बीमारी के कारण ज्यादा बात नहीं कर सकते थे क्योंकि वे बहुत सालों से अपने कम्प्यूटर के माध्यम से लोगों से संपर्क किया करते थे। उनका कहना था कि 'स्टीफन ने अपनी बीमारी की परवाह न करते हुए अपने सारे कार्यों को बखूबी अंजाम दिया। उनकी बीमारी में ही उनकी सफलता छिपी हुई है। यदि उनके स्थान पर कोई साधारण व्यक्ति होता और उसे डॉक्टर कहते कि उसके पास जीने के लिए केवल दो वर्ष का समय है तो वह हारकर बैठ जाता और अपनी मौत का इंतजार करता रहता।

स्टीफन ने अपनी इज़राइल यात्रा के दौरान कहा, 'मेरी सफलता इसमें नहीं कि मैं हर जगह पहुँच जाता हूँ, बल्कि इसमें है कि लोग मुझे और मेरे काम को पहचानते हैं। मैं तो अपना चश्मा तक अपने आप नहीं पहन सकता। मेरी व्हील चेयर ही मुझे सहारा देती है और मुझे रास्ता दिखाती है। लोग मेरे साथ तस्वीर खिंचवाने के लिए उत्सुक रहते हैं। लेकिन मैं उस समय ऐसा व्यवहार नहीं दिखाता जिससे लगे कि मैं जल्दी में हूँ।'

२३

स्टीफन-जेन में अलगाव

जो लोग स्टीफन के परिवार को नजदीक से जानते थे, वे मानते थे कि स्टीफन की सफलता में उनकी पत्नी जेन ने एक महत्वपूर्ण भूमिका निभाई है। लेकिन इन सब बातों का व्यवहारिक जीवन में कोई मूल्य नहीं था। वह घर की चारदीवारी से बाहर निकलकर स्वतंत्र रूप से कुछ करना चाह रही थी।

ऐसे में जोनाथन नामक एक व्यक्ति ने उसका पूरा साथ दिया। जोनाथन ने न केवल जेन का मनोबल बढ़ाने में मदद की बल्कि वह उसे अपने साथ अनेक संगीत समारोहों में ले जाने लगा।

इसी दौरान स्टीफन के अपनी नर्स एलाइन के साथ ठीक उसी तरह के संबंध बन चुके थे, जैसे कि उनकी पत्नी व जोनाथन के बीच थे। जेन का अपने पति से दूर होने और स्टीफन का एलाइन के नजदीक आना परिस्थितियों का ऐसा जाल था, जिससे बच पाना असंभव था। जेन को अक्सर एलाइन द्वारा अपमान का शिकार भी होना पड़ता था। एलाइन पूरा समय स्टीफन के साथ रहती थी। स्टीफन के प्रत्येक कार्य में उसकी

भागीदारी बढ़ती जा रही थी। पिछले कुछ समय से जेन को काफी सारे काम एलाइन से पूछकर करने पड़ते थे। वह जब कभी किसी आवश्यक कार्य के सिलसिले में स्टीफन के कमरे में जाती तो एलाइन उसे कोई बहाना बनाकर कमरे से बाहर निकाल देती कि 'अभी प्रोफेसर स्टीफन की दवा का समय है, अभी मैं उनका स्पंज कर रही हूँ, अभी उन्हें आराम की जरूरत है' आदि। ऐसे में जेन अपने ही घर में घुटकर रह गई थी।

स्टीफन पूर्ण रूप से जोनाथन और जेन के संबंध को स्वीकार कर चुके थे किंतु जेन ने स्टीफन और एलाइन के बारे में ऐसा नहीं सोचा। वह चाहती थी कि उन दोनों के फैसलों का उनके बच्चों पर किसी प्रकार का प्रभाव नहीं पड़ना चाहिए। लेकिन ऐसा नहीं हुआ। सन् १९८९ में रॉबर्ट अपनी उच्च शिक्षा के लिए ऑक्सफोर्ड जा चुका था और लूसी भी ऑक्सफोर्ड में दाखिला ले चुकी थी।

एक दिन स्टीफन ने जेन को बुलाया और उसे स्पष्ट रूप से अपना फैसला सुना दिया कि अब वे उसके साथ नहीं रह सकते। इतना कहते ही उन्होंने एक पत्र जेन को दिया, जिसमें उन्होंने साफ तौर पर लिखा था वे अब अपनी नर्स एलाइन के साथ रहना चाहते हैं। जेन भी मन ही मन ऐसा ही चाहती थी। अतः दोनों ने अपनी मर्जी से एक-दूसरे से अलग होने का निर्णय ले लिया। इस बारे में किसी को खबर नहीं की गई और न ही सार्वजनिक रूप से इस बात को घर से बाहर निकाला गया। ऐसा इसलिए किया गया होगा कि उन दोनों को यह आशा रही होगी कि शायद भविष्य में वे दोनों एक बार पुनः एक साथ मिलकर रहने पर सहमत हो जाएँ।

सन् १९९० में स्टीफन और जेन के विवाह को २५ वर्ष हो रहे थे। यही वह समय था, जब लोगों को उन दोनों के अलग होने का समाचार मिला। स्टीफन और जेन के बारे में सुनकर लोग हैरान रह गए। वे सपने में भी नहीं सोच सकते थे कि जेन और स्टीफन के संबंधों में भी दरार आ सकती है। वे उन दोनों को एक आदर्श जोड़ा मानते थे। लेकिन जेन ने सभी को शांत करते हुए कहा, 'ऐसा कोई पहली बार नहीं हो रहा कि

कोई पति-पत्नी आपस में अलग हो रहे हों। ऐसा सदियों से होता आ रहा है और आगे भी होता रहेगा। मैंने स्टीफन के साथ जीवन के २५ वर्ष एक सुनहरी याद के रूप में गुजारे हैं। अब मैं स्वतंत्र रूप से अपने लिए कुछ करना चाहती हूँ तो इसमें हर्ज ही क्या है।'

उधर स्टीफन भी यही सोच रखते थे। वे लोगों से कहते, 'मैं जेन का हृदय से आभार मानता हूँ, जिसने ऐसी-ऐसी विकट परिस्थितियों में मेरी व मेरे परिवार की देखरेख की है, जिसका कोई मुकाबला नहीं कर सकता। वह सारा जीवन बच्चों की पढ़ाई, पारिवारिक दायित्व, स्वयं की पढ़ाई में बिताने लगी। यह जेन का बड़प्पन है कि उसने मुझे अपने जीवन के कीमती २५ वर्ष दिए और मुझे इतना प्रेम दिया, जिसे मैं कभी नहीं भूल सकता। जेन के सहयोग से मैंने अपने शोध पूरे किए जिसके फलस्वरूप आज मैं एक सफल व्यक्ति के रूप में आपके सामने हूँ।'

दोनों ने आपसी सहमति से सन् १९९५ में तलाक ले लिया। तलाक के बाद जेन अपने बेटे रॉबर्ट के साथ रहने चली गई। इसी दौरान जेन को एक प्रकाशक द्वारा यह प्रस्ताव आया कि वह अपनी आत्मकथा लिखें, जिसे वे पुस्तक के रूप में प्रकाशित करना चाहते हैं। जेन ने इस प्रस्ताव को सहर्ष स्वीकार कर लिया।

उन्होंने पुस्तक पर कार्य करना आरंभ कर दिया। इस बीच जेन ने जोनाथन से विवाह कर लिया। १९९९ के अगस्त माह में पुस्तक प्रकाशित हुई। इस पुस्तक का शीर्षक 'म्यूजिक़ टू मूव द स्टार्स' था। इस पुस्तक से यह आशा की जा रही थी कि शायद यह पुस्तक स्टीफन के जीवन से जुड़े अनेक तथ्यों से पर्दा उठा देगी लेकिन ऐसा कुछ नहीं हुआ। स्टीफन उस दौर से गुजर रहे थे जब वे हर किसी की प्रशंसा के पात्र थे। उन्होंने भी जेन की पुस्तक के संबंध में किसी प्रकार की टिप्पणी नहीं की। जेन व स्टीफन ने मन ही मन इस बात पर समझौता कर लिया था कि वे जहाँ तक संभव हो सकेगा, घरेलु मामलों को सार्वजनिक नहीं होने देंगे।

स्टीफन का दूसरा विवाह

१६ सितंबर, १९९५ में स्टीफन ने एलाइन से दूसरा विवाह कर लिया। इस विवाह में जेन व उनके बच्चों ने शामिल होने से इनकार कर दिया। एलाइन ने भी स्टीफन से विवाह के लिए अपने पति को तलाक दे दिया व दो बच्चों को छोड़ दिया।

एलाइन के बारे में कहा जाता है कि वह हठी स्वभाव और दोहरे व्यक्तित्ववाली महिला थी। एक बार लूसी ने अपने पिता के जिस्म पर जख्मों के निशान देखे। उसे पहले से ही अपनी सौतेली माँ पर संदेह था। उसने फौरन अपनी सौतेली माँ के खिलाफ पुलिस में शिकायत कर दी। पुलिस ने इस बारे में छानबीन की और एलाइन से कुछ आवश्यक सवाल-जवाब करके उसे छोड़ दिया। वह स्टीफन के शरीर पर बने जख्मों की कोई ठोस वजह नहीं बता सकी और कानून का सहारा लेते हुए बच गई। इस घटना के बाद स्टीफन और एलाइन के बीच तलाक हो गया।

बाद में एक सम्मेलन में स्टीफन से पूछा गया कि 'आपके जीवन में आपके कार्यक्षेत्र, ब्लैक होल, गुरुत्वाकर्षण तथा क्वांटम थ्योरी जैसी वैज्ञानिक उपलब्धियों में से आप किसे सबसे महत्वपूर्ण मानते हैं?' इस पर स्टीफन ने मुस्कुराते हुए जवाब दिया, 'औरत!' स्टीफन ने यह बात बिलकुल सच कही थी। उनके जीवन में औरत ही एक ऐसी चीज़ थी, जिसे वे समझ न सके।

२४

कम्प्यूटरीकृत व्हील चेयर

स्टीफन हॉकिंग ने अपने जीवन का अधिकांश भाग व्हील चेयर पर गुजारा। उनकी व्हील चेयर कोई सामान्य व्हील चेयर नहीं थी। वह अनेक प्रकार के उपकरणों से सुसज्जित थी। इसमें वे सारे उपकरण लगे हुए थे, जिनके माध्यम से वे विज्ञान के अनसुलझे रहस्यों के बारे में दुनिया को बता सकते थे। उनकी व्हील चेयर के साथ एक विशेष कम्प्यूटर और स्पीच सिंथेसाइजर लगा होता था, जिसके सहारे वे पूरी दुनिया से बातचीत कर सकते थे। इंटेल द्वारा बनाए गए एक विशेष प्रकार के कम्प्यूटर के माध्यम से वे दुनिया तक अपनी बातें और अपने आविष्कार पहुँचाते थे।

सन् २०११ तक आते-आते उनकी बात करने की क्षमता प्रति मिनट एक या दो शब्द तक रह गई थी। उन्होंने इंटेल को एक पत्र लिखा और उनसे पूछा कि 'क्या उनकी कंपनी कोई ऐसा प्रोग्राम बना सकती है जो उनकी मदद कर सके।' गोर्डोन मूर ने स्टीफन के अनुरोध को ध्यान में रखते हुए तुरंत

अपनी कंपनी की लैब में इसकी कार्यवाही कराने के आदेश दे दिए। उनके इंजीनियरों की टीम ने इस दिशा में महत्वपूर्ण प्रयोग किए और स्टीफन के लिए एक खास तरह का कम्प्यूटर प्रोग्राम तैयार किया।

सन् २०१२ में इंटेल के इंजीनियरों का एक ग्रुप कैम्ब्रिज पहुँचा। उस वर्ष ८ जनवरी को स्टीफन का ७०वाँ जन्मदिन था। लेकिन वे इस दौरान इतनी अधिक कमज़ोरी महसूस कर रहे थे कि वे अपने जन्मदिन की पार्टी में भी नहीं जा सके। उन्होंने इंटेल के इंजीनियरों से भी मिलने से मना कर दिया। जन्मदिन की पार्टी के कुछ दिनों बाद जब उनका स्वास्थ्य ठीक लग रहा था तो उन्होंने इंजीनियरों से मुलाकात की। उस समय उनके कम्प्यूटर का इंटरफेस ई. जेड. कीज़ प्रोग्राम था, जिसे उनके पहले प्रोग्राम वर्डस प्लस से कुछ समय पूर्व ही बदला गया था। उस प्रोग्राम में वेबकैम के साथ स्काईप पर बात करने की सुविधा भी थी।

इंटेल के इंजीनियर उनके पुराने प्रोग्राम को बदलना चाहते थे। उनका बनाया हुआ प्रोग्राम ऐसा था जिससे स्क्रीन पर बहुत सारे शब्द उभर आते थे और स्टीफन द्वारा अपने दिमाग को आदेश देने से वे सही शब्द चुन सकते थे। स्टीफन ने इस प्रोग्राम पर काम किया और उससे पूरी तरह संतुष्ट थे। इस प्रोग्राम में एक 'बैक बटन' भी था, जिसकी मदद से स्टीफन अनचाहे शब्दों को डिलीट कर सकते थे। शुरुआत में अक्सर ऐसा हो जाता था कि स्टीफन किसी गलत शब्द का चुनाव कर लेते और उसे डिलीट करते। इससे बहुत सा समय व्यर्थ चला जाता। लेकिन धीरे-धीरे वे इस काम में माहिर होते गए।

इस प्रोग्राम को चलाने में उन्होंने बहुत सहनशीलता दिखाई। वे जानते थे कि यदि वे इसे पूरी तरह चलाने में सक्षम हो जाते हैं तो बचे हुए जीवन में बहुत कुछ कर सकते हैं।

इस कम्प्यूटर द्वारा स्टीफन के लिए काम करना पहले से आसान हो गया। उन्हें उंगलियों का प्रयोग भी कम से कम करना पड़ता था। वे

अपनी आँखों को हिलाने या फिर सिर की दिशा घुमाने से ही उसका संचालन कर सकते थे। उनके इस प्रोग्राम में पचास हज़ार शब्दों की एक डिक्शनरी को सहेजकर रखा गया था। वे शब्द एक के बाद एक करके स्क्रीन पर आते थे और स्टीफन एक स्विच की मदद से शब्द चुनकर कोई भी वाक्य तैयार कर सकते थे।

एक वाक्य तैयार होने के बाद स्क्रीन पर उभर आता था और सिंथेसाइज़र की मदद से वह स्पीच में बदल जाता था। इस प्रकार उनका पूरा व्याख्यान तैयार हो जाता था। इस प्रोग्राम की मदद से स्टीफन सम्मेलनों में अपने व्याख्यानों द्वारा लोगों से संपर्क बनाए रखते। कम्प्यूटर से निकलनेवाली स्पीच के रूप में जो आवाज होती थी, वह स्टीफन की नहीं होती थी बल्कि प्रोग्राम द्वारा डायरेक्ट की गई होती थी, जिसमें भावों का कोई स्थान नहीं होता था। यह कम्प्यूटर उनकी खास तरह की व्हील चेयर पर ही जोड़ा गया था।

स्टीफन को अपनी आवाज से बहुत लगाव था। सन् १९८८ में जब स्पीच प्लस के माध्यम से उन्हें नया सिंथेसाइज़र दिया गया तो उसमें से निकलनेवाली आवाज कुछ भिन्न थी। स्टीफन ने इसका कारण जानना चाहा। डनिस क्लाट नामक एक इंजीनियर ने कलन विधि द्वारा लिखे हुए शब्दों को, जिसे 'टैक्सट टू स्पीच' कहा जाता है, स्पीच में बदलकर दिखाया। उन्होंने इसके लिए एक खास तरह का यंत्र तैयार किया, जिसे 'डेक टॉक' कहा जाता था।

उन्होंने इसमें शुरुआत में तीन प्रकार की आवाजें रिकॉर्ड कीं, जिसमें महिला की आवाज के रूप में उनकी पत्नी की रिकार्डिंग थी। इसे 'ब्यूटीफुल बेट्टी' कहा जाता था। बच्चे की आवाज के रूप में दूसरी आवाज उनकी बेटी की थी जिसे 'किट द किड' कहा जाता था। पुरुष के रूप में विकसित की गई तीसरी आवाज उनकी स्वयं की थी, जिसे 'परफैक्ट पॉल' कहा जाता था। कम्प्यूटर द्वारा निकली हुई 'परफैक्ट पॉल' ही स्टीफन की आवाज थी।

उनका कम्प्यूटर इंफ्रारेड ब्लिंक स्विच से जुड़ा हुआ होता था, जो उनके चश्मे में लगाया गया था। वे इसी के माध्यम से बातें किया करते थे। इसके अलावा उनके घर और ऑफिस के गेट भी रेडियो ट्रांसमिशन से जुड़े हुए थे। स्टीफन का जज़्बा ऐसा था कि वे पिछले कई दशकों से अपनी व्हील चेयर पर बैठे-बैठे अंतरिक्ष विज्ञान की जटिल पहेलियों और रहस्यों को सुलझाते रहे। वे अपने इस प्रयास में काफी हद तक सफल भी रहे।

इंटेल द्वारा उनके पुराने कम्प्यूटर को कुछ अवधि के पश्चात बदल दिया जाता था। इसमें पहले से अधिक बेहतर सुविधाएँ होती थीं। वर्तमान में वे जिस कम्प्यूटर को इस्तेमाल किया करते थे, उसमें एक डाटा कार्ड भी प्रयोग होता था। स्टीफन इसका इस्तेमाल अपना मोबाइल फोन चलाने के लिए करते थे।

स्टीफन दुनिया के लिए कितने महत्वपूर्ण थे, इस बात का अंदाजा इसी से लगाया जा सकता है कि वे जब भी कुछ बोलते या लिखते थे तो दुनियाभर के मीडिया की नजर उन पर होती थी।

२५

कृमि (वर्म) होल

रात के समय आकाश असंख्य तारों से भरा दिखाई देता है। विज्ञान द्वारा इस बात का रहस्योद्‌घाटन हुआ कि आकाश में दिखाई देनेवाले ये तारे वास्तव में बहुत विशाल होते हैं। कुछ तारों का आकार तो इतना विशाल होता है कि हमारी पृथ्वी जैसे अनेक ग्रह इन तारों में समा सकते हैं। दरअसल ये तारे पृथ्वी से इतनी दूरी पर स्थित हैं कि हमें उनके आकार का अंदाजा ही नहीं हो पाता। हम धरती पर खड़े होकर जिन तारों को टिमटिमाते हुए देखते हैं, वे हमें मिट्टी के कण के बराबर दिखाई देते हैं, जबकि वास्तव में ऐसा नहीं होता।

स्टीफन ने स्पष्ट रूप से इस बात की व्याख्या करते हुए कहा था कि ब्रह्माण्ड में पैदा होनेवाली प्रत्येक चीज़ का अंत निश्चित होता है। इसी प्रकार इन तारों का अंत भी निश्चित होता है। किसी-किसी तारे को इस प्रक्रिया से गुजरने में करोड़ों वर्ष का समय लग जाता है। तारे के अंत के साथ ब्लैक होल का जन्म होता है।

सन् १९१५ में प्रसिद्ध भौतिक वैज्ञानिक अल्बर्ट आइंस्टाइन ने 'जनरल

थ्योरी ऑफ रिलेटिविटी' नामक अपने शोध में इस बात का खुलासा करते हुए इसके बारे में अनेक प्रमाण प्रस्तुत किए थे। आइंस्टाइन ने नॉथन रोज़न के सहयोग से मिलकर, गणितीय रूप से भी यह बात सिद्ध कर दी थी कि ब्रह्माण्ड की उपस्थिति किन्हीं दो बिंदुओं के बीच के शॉर्ट कट रास्ते द्वारा संभव है। यह काल-अंतराल दोनों को कम कर देता है। अत: जिस स्थान तक पहुँचने में किसी व्यक्ति को लाखों प्रकाश वर्ष का समय लगता है, वहाँ बहुत कम समय में यात्रा की जा सकती है।

साधारण शब्दों में यह भी कहा जा सकता है कि अंतरिक्ष में दो बिंदुओं के बीच एक सुरंग होती है, जो काल-अंतराल को एक साथ जोड़ देती है, जिसके द्वारा अंतरिक्ष के भीतर एक सिरे से दूसरे सिरे तक यात्रा करना संभव होता है। इसे **आइंस्टाइन रोज़न ब्रिज** अथवा **वर्महोल** के नाम से जाना जाता है। वर्महोल ब्रह्माण्ड में वह स्थान होता है, जहाँ काल-अंतराल की सभी ज्यामितियाँ एक हो जाती हैं अर्थात यहाँ पर काल-अंतराल का परस्पर एक-दूसरे में रूपांतर संभव होता है। इनकी ज्यामितियाँ एक हो जाने से समस्त ब्रह्माण्ड में सभी सीमाएँ भी उस बिंदु में जाकर अदृश्य हो जाती हैं, जिस कारण इस बिंदु में तीव्र आकर्षण शक्ति होती है।

स्टीफन ने अपने एक शोध में भी इस तथ्य का जिक्र करते हुए बताया था कि वर्महोल का निर्माण बहुत कठिन काम है। इसका कारण यह है कि वर्महोल बनाने में जितनी अधिक मात्रा में ऊर्जा की आवश्यकता होती है, उतनी ऊर्जा पैदा नहीं की जा सकती। उन्होंने यह भी बताया कि यदि वर्तमान की बात की जाए तो समूचे विश्व की ऊर्जा को मिलाकर भी वर्महोल नहीं बनाया जा सकता। लेकिन विश्वभर के वैज्ञानिक इस विषय में शोध कार्यों में लगे हुए हैं। ऐसा माना जाता है कि वर्महोल इतने सूक्ष्म होते हैं कि इसके भीतर रेत का एक कण तक नहीं जा सकता।

स्टीफन ने दावा किया था कि एक दिन अवश्य ऐसा आएगा जब वैज्ञानिक जगत तकनीक के क्षेत्र में वह सब करके दिखाएगा, जिसे आज हम असंभव मानते हैं।

२६

एलियनों का अस्तित्व

हॉकिंग ने अपने वैज्ञानिक शोधों द्वारा एलियनों के बारे में इस संसार को कड़ी चेतावनी दी। 'लाइफ इन द यूनिवर्स' नामक अपने एक लेक्चर में उन्होंने इस बात के संकेत दिए कि भविष्य में इंसानों और एलियनों की मुलाकात हो सकती है। इनमें से कुछ तारामंडल धरती के बनने से ५ बिलियन वर्ष पूर्व पैदा हो चुके होंगे। ऐसे में आकाशगंगा में मशीनी और जैविक जीवन के प्रमाण तैरते हुए क्यों प्रतीत नहीं हो रहे? अभी तक पृथ्वी पर कोई क्यों नहीं आया और इस पर कब्जा क्यों नहीं किया गया?

उनका कहना था, 'मैं यह नहीं मानता कि यू. एफ. ओ. में आउटर स्पेस के एलियन होते हैं। मैं यह सोचता हूँ कि एक दिन पृथ्वी पर एलियनों का खुलकर आक्रमण होगा। शायद यह हमारे लिए अच्छा नहीं होगा। ब्रह्माण्ड में जीवन तलाश करने के लिए 'सेती' नाम का एक प्रोजेक्ट हुआ करता था। यह प्रोजेक्ट रेडियो तरंगों को स्कैन करता था ताकि हम किसी एलियन सभ्यता का पता लगा सकें। मुझे लगता है कि

इस प्रोजेक्ट को आगे बढ़ाया जाना चाहिए। धन की कमी के कारण यह प्रोजेक्ट बंद कर दिया गया। लेकिन इस प्रकार मिले किसी संदेश का जवाब देते समय हमें सावधान रहना चाहिए। हमें थोड़ा और विकसित होने का इंतजार करना होगा। हमारे वर्तमान स्वरूप में किसी आधुनिक सभ्यता से हमारी मुलाकात अमरीका के असली महारथियों रेड इंडियन तथा कोलंबस जैसी होगी। मुझे नहीं लगता कि रेड इंडियनों को कोलंबस के साथ मुलाकात से कोई फायदा हुआ था।'

स्टीफन ने पृथ्वी पर इंसानियत को लेकर चौंकानेवाला ऐलान किया था, जो इस प्रकार था, 'मुझे विश्वास है कि इंसानों को अपने अंत से बचने के लिए पृथ्वी को छोड़कर किसी दूसरे ग्रह पर चले जाना चाहिए। इंसानों को अपना वजूद बचाने के लिए अगले १०० वर्षों में वह तैयारी पूरी कर लेनी चाहिए, जिससे पृथ्वी को छोड़ा जा सके।'

२७

भारत यात्रा

वर्ष २००१ के जनवरी महीने में स्टीफन भारत यात्रा पर आए। यह उनकी दूसरी भारत यात्रा थी। वे इससे पहले सन् १९५९ में भारत आए थे। उस समय वे बहुत छोटे थे। दरअसल उनके पिता फ्रैंक को नौकरी के अनुबंध के कारण कुछ समय भारत में व्यतीत करना था। उस दौरान फ्रैंक और उनका परिवार भारत में रहता था। लेकिन स्टीफन इंग्लैड में रहकर अपनी शिक्षा पूरी कर रहे थे। वे केवल कुछ समय के लिए ही भारत आए थे। उसके बाद वर्ष २००१ में उनका भारत आगमन हुआ।

उनकी भारत यात्रा १६ दिन की थी। इस यात्रा में उनके साथ आठ वैज्ञानिकों का दल भी आया। इस यात्रा के प्रारंभिक दौर में उन्होंने मुंबई में आयोजित एक सेमिनार को संबोधित किया। यह मुंबई के टाटा इंस्टीट्यूट ऑफ फंडामेंटल रिसर्च में 'अंतर्राष्ट्रीय भौतिकी सेमिनार' के रूप में आयोजित किया गया था। यह सेमिनार पाँच दिन तक चला था। इस सेमिनार में स्टीफन ने अनेक व्याख्यान दिए तथा विभिन्न विषयों पर चर्चा की।

उन्हें 'स्टिंग २००१' सम्मेलन में 'सरोजिनी दामोदरन' फेलोशिप से भी सम्मानित किया गया। भारत की प्रसिद्ध ऑटोमोबाइल कंपनी 'महिंद्रा' ने उनके लिए खास तरह की एक गाड़ी डिजाइन करवाई। इस गाड़ी में ऐसी सुविधा थी कि इसमें स्टीफन की व्हील चेयर आसानी से फिट हो जाती थी। उस गाड़ी में बिठाकर स्टीफन को मुंबई शहर घुमाया गया। ८ जनवरी को स्टीफन का जन्मदिन था। यह भारत के लिए सौभाग्य की बात थी कि इस दौरान स्टीफन हॉकिंग जैसी विश्व प्रसिद्ध वैज्ञानिक हस्ती हमारे देश में थी।

यह उनका ५९वाँ जन्मदिन था। उन्होंने इसे भारत के लोगों के साथ मुंबई स्थित होटल ओबोरॉय टावर्स में मनाया। वे बहुत मनोरंजक और दिलचस्प व्यक्ति थे। समारोह के दौरान वे हिंदी गानों की धुन पर अपनी व्हील चेयर को गोल-गोल घुमाकर नाचे और उनका भरपूर आनंद लिया। इस अवसर पर टाटा इंस्टीट्यूट ऑफ फंडामेंटल रिसर्च की ओर से स्टीफन को एक नई व्हील चेयल उपहार में दी गई। यह व्हील चेयर अत्याधुनिक यंत्रों से सुसज्जित थी।

स्टीफन ने अपनी यात्रा के अगले चरण में भारत की राजधानी नई दिल्ली में भारत के तत्कालीन राष्ट्रपति श्री के. आर. नारायणन से मुलाकात की। भारत के राष्ट्रपति और स्टीफन के बीच मित्रतापूर्ण बातचीत हुई। राष्ट्रपति ने उनसे हुई मुलाकात को कभी न भुलाया जानेवाला अनुभव बताया और यह भी कहा कि स्टीफन हॉकिंग ऐसे अनेक युवाओं के लिए प्रेरणा हैं, जो किसी न किसी प्रकार की दिव्यांगता का शिकार हैं। स्टीफन ने अपनी नई दिल्ली की यात्रा के दौरान कुतुब मीनार तथा जंतर मंतर का दौरा भी किया। वे कुतुब मीनार को देखकर बहुत आश्चर्यचकित हुए और कहा कि 'उन्होंने कभी कल्पना भी नहीं की थी कि भारत जैसे देश में इतनी विशाल मीनार मौजूद है।'

उसके बाद १५ जनवरी, २००१ को उन्होंने नई दिल्ली में 'अल्बर्ट आइंस्टाइन मेमोरियल व्याख्यान' दिया। इस व्याख्यान का आयोजन

नई दिल्ली स्थित सिरी फोर्ट ऑडीटोरियम में किया गया था, जहाँ हजारों की संख्या में उनके चाहनेवाले उनकी एक झलक पाने को उतावले थे। आयोजकों ने ऑडीटोरियम के बाहर एक विशाल स्क्रीन की व्यवस्था की हुई थी ताकि सभी लोग स्टीफन हॉकिंग को सुन सकें।

भारत से वापिस जाने पर उन्होंने अपनी भारत यात्रा को बहुत शानदार बताया। उन्होंने भारतीय लोगों की बहुत तारीफ की और कहा कि भारतीय लोगों को गणित व भौतिकी का अद्भुत ज्ञान है। उन्होंने यह भी कहा कि भारत ने विज्ञान के क्षेत्र में सफलता की अनेक ऊँचाइयों को छू लिया है, जिससे उसका नाम विश्व के चोटी के देशों में गिना जाता है।

२८

अंतरिक्ष यात्रा

स्टीफन हॉकिंग की हार्दिक इच्छा थी कि वे अपने जीवन में एक बार अंतरिक्ष की यात्रा पर जाना चाहते हैं। मेडिकल जाँच के दौरान उन्हें अंतरिक्ष में जाने के लिए पूरी तरह से फिट पाया गया। उन्होंने गुड मॉर्निंग ब्रिटेन के एक इंटरव्यू के दौरान अपनी इच्छा जाहिर करते हुए कहा था कि उन्होंने कभी सपने में भी नहीं सोचा था कि वे अंतरिक्ष की यात्रा पर जाने के लिए मेडिकल रूप से फिट पाए जा सकते हैं। एक स्पेस ट्रैवल कंपनी के संस्थापक रिचर्ड ब्रैनसन ने उन्हें स्पेस ले जाने को कहा तो वे तैयार हो गए। रिचर्ड ब्रैनसन ब्रिटेन के एक व्यापारी हैं। सन् २००७ में स्टीफन ने अपना ६५वाँ जन्मदिन मनाया और सार्वजनिक रूप से इस बात की घोषणा की कि वे शून्य ग्रेविटी के स्पेस शिप द्वारा अंतरिक्ष की यात्रा करना चाहते हैं।

उस इंटरव्यू में उन्होंने अपने परिवार के सदस्यों का धन्यवाद करते हुए कहा, 'मेरे तीन बच्चों ने मुझे काफी खुशी दी है और मैं यह कह सकता हूँ

कि स्पेस ट्रैवल करने से मुझे और भी खुशी होगी।'

उसी वर्ष २६ अप्रैल को वह महान दिन आ गया जब स्टीफन का अंतरिक्ष यात्रा का सपना पूरा होने जा रहा था। उनके लिए शून्य ग्रेविटी यान का इंतजाम किया गया और उनकी उड़ान का कार्यक्रम तय किया गया। इस उड़ान का प्रबंध लोरिडा की ग्रेविटी कॉर्पोरेशन द्वारा किया गया था। उन्हें उड़ान पर ले जानेवाले यान का नाम बोइंग ७२७ था। इस यान ने लोरिडा के कैनेडी स्पेस सेंटर के स्पेस शटल रनवे से उड़ान भरी और वापिस वहीं उतरा। कैनेडी स्पेस सेंटर अमरीका का अंतरिक्ष केंद्र है, जिसका प्रयोग उपग्रह लाँच करने के लिए किया जाता है। इस उड़ान के लिए ३७५० डॉलर का शुल्क लिया जाता है लेकिन स्टीफन के मामले में उन्हें इस शुल्क से मुक्त रखा गया।

इस प्रकार स्टीफन शून्य ग्रेविटी यान द्वारा भारहीन जैसी स्थिति का अनुभव प्राप्त करने के लिए अंतरिक्ष जानेवाले विश्व के प्रथम व्यक्ति कहलाए। स्टीफन ने इस उड़ान का भरपूर आनंद लिया और स्वयं को आठ बार भारहीन महसूस किया। अपने इस अनुभव को स्टीफन ने जनता से भी बाँटा और कहा कि अंतरिक्ष यात्रा के दौरान उन्होंने उस क्षण को याद किया, जब सन् १९८५ में उन्हें निमोनिया हुआ था और अस्पताल में दाखिल थे। उस समय उनके मन में यह इच्छा हुई थी कि वे एक गर्म गुब्बारे में अंतरिक्ष की सैर करें। उनकी यह इच्छा २२ वर्षों बाद पूरी हुई।

२९

स्टीफन की मृत्यु

स्टीफन के विख्यात होने का सबसे बड़ा कारण था कि उन्होंने हमेशा मूल प्रश्न का हल तलाश करने का प्रयास किया। सभी जानते हैं कि ब्रह्माण्ड का विस्तार मनुष्य की कल्पना से बहुत दूर की बात है। यदि मनुष्य कल्पना लोक में हजारों वर्ष भी उड़ता रहे तो भी वह ब्रह्माण्ड की तह तक नहीं जा सकता क्योंकि स्टीफन का कहना था कि ब्रह्माण्ड की न तो कोई सीमा है और न ही कोई छोर। ऐसे में यदि ब्रह्माण्ड की उत्पत्ति और रचना के बारे में तार्किक और वैज्ञानिक दृष्टि से कोई कुछ समझाने का प्रयास करे तो वह साधारण मनुष्य नहीं हो सकता।

स्टीफन ने अपने जीवन का अधिकांश समय व्हील चेयर पर बिताया। उन्होंने अपनी दिव्यांगता का सहारा लेकर कभी दूसरों से मदद के लिए गुहार नहीं लगाई। वे स्वयं दिव्यांगों के लिए एक उदाहरण बनकर उभरे। अनेक सम्मेलनों या चैनलों में जब उनसे उनकी दिव्यांगता के बारे में प्रश्न किया जाता तो वे कहते, 'दिव्यांगों के लिए मेरी सलाह यह

है कि उन चीज़ों पर ध्यान दें जिन्हें करने पर आपकी दिव्यांगता आड़े नहीं आती। आड़े आनेवाली चीज़ों पर शोक न मनाएँ, अन्यथा शरीर के साथ-साथ आत्मा भी दिव्यांग बन जाएगी। जीवन चाहे जितना भी कठिन क्यों न हो, हम सभी कुछ न कुछ कर सकते हैं और सफल बन सकते हैं।'

अपने इसी विचार के साथ वे इस संसार को अलविदा कह गए और शुक्रवार १४ मार्च, २०१८ को उन्होंने अपने जीवन के ७६ वर्ष पूर्ण कर इस संसार से विदा ली। निधन के समय वे कैम्ब्रिज स्थित अपने निवास पर ही थे। उनके तीनों बच्चों रॉबर्ट, लूसी व टिमोथी ने शोक व्यक्त करते हुए इस बात की पुष्टि की। उनके निधन का समाचार चुटकियों में पूरे संसार में फैल गया। समाचार पत्र, न्यूज़ चैनल, पत्र-पत्रिकाओं तथा सोशल मीडिया में उन्हें अलग-अलग तरीके से देश-विदेश के लोगों ने अपने शोक संदेश दिए।

अगले दिन शनिवार को भारी संख्या में लोग उन्हें श्रद्धांजलि देने के लिए कैम्ब्रिज पहुँचने शुरू हो गए। कैम्ब्रिज उनका शैक्षणिक घर था जहाँ उन्होंने अपने जीवन के ५० वर्ष गुजारे थे। आम जनता को वहाँ जाने की इजाजत नहीं थी क्योंकि स्टीफन के अंतिम संस्कार की रस्म को पूर्णतया निजी रखा गया था। वहाँ केवल आमंत्रित व्यक्तियों को ही जाने की अनुमति थी।

उनका अंतिम संस्कार कैम्ब्रिज के सेंट मेरी चर्च में किया गया, जो बहुत निजी तौर पर संपन्न हुआ। ऐसा इसलिए किया गया क्योंकि उन्हें कैम्ब्रिज शहर से बहुत लगाव था और यही उनकी अंतिम इच्छा भी थी। इसमें उनके परिवार, ईष्ट मित्र तथा कुछ धार्मिक, गैर धार्मिक लोगों सहित करीब ५०० लोग शामिल थे। स्टीफन का पार्थिव शरीर छह पोर्टरों द्वारा ले जाया गया था, जो अपनी पारंपरिक वेशभूषा में थे। स्टीफन का शरीर प्रसिद्ध ब्रिटिश वैज्ञानिक न्यूटन और चार्ल्स डार्विन की कब्र के साथ ही दफनाया गया। उनके अंतिम संस्कार की रस्म पूरी होने

के पश्चात कैम्ब्रिज विश्वविद्यालय के ट्रिनिटी कॉलेज में एक निजी भोज का आयोजन भी किया गया।

देश-विदेश से उनके निधन पर शोक संदेश आए। नासा के प्रशासक रॉबर्ट लाइटपुट ने अपने शोक संदेश में कहा कि 'दुनिया ने एक असाधारण शख्सियत को खो दिया है, जिसके प्रभाव को शब्दों में बयान नहीं किया जा सकता।' नासा के प्रवक्ता ने अपनी ओर से विशेष प्रतिक्रिया देते हुए कहा कि 'स्टीफन हॉकिंग नासा के दीर्घकालिक मित्र रहे और वे एक विद्वान और गुणी ब्रह्माण्ड विज्ञानी थे। साथ ही वे विश्वभर के लोगों के लिए प्रेरणा भी रहे। वे हमेशा अपनी खोज व शोध को लोगों के साथ साझा करना चाहते थे। उन्होंने उस समय को भी याद किया, जब स्टीफन ने नासा के कैनेडी स्पेस सेंटर से अंतरिक्ष के लिए उड़ान भरी थी। उसके बाद २१ अप्रैल २००८ को स्टीफन और उनकी बेटी लूसी ने नासा की ५०वीं वर्षगांठ के अवसर पर एक व्याख्यान दिया था।

३०

स्टीफन के संदेश का प्रसारण

स्टीफन हॉकिंग के निधन के पश्चात उनके एक संदेश को शुक्रवार को सबसे करीबी ब्लैक होल की ओर से प्रसारित किया गया। इसके लिए एक विशेष प्रकार के कार्यक्रम का आयोजन किया गया, जिसमें देश-विदेश से अनेक गणमान्य व्यक्तियों तथा उनके अनेक प्रशंसकों को आमंत्रित किया गया। इस समारोह में स्टीफन हॉकिंग जैसे तीन लोगों को खास तौर से आमंत्रित किया गया था, जो उनकी ही तरह स्पीच सिंथेसाइज़र से बात करते थे। ग्रीक के विख्यात संगीतकार वेंजेलिस ने विशेष तौर पर स्टीफन के लिखित संगीत को उनकी लोकप्रिय आवाज के साथ अंतरिक्ष में स्पेन के 'यूरोपियन स्पेस एजेंसी' उपग्रह की रेडियो तरंगों से प्रसारित किया।

यह स्टीफन द्वारा कहा गया छह मिनट का संदेश था, जिसमें उन्होंने पृथ्वी को बचाने की अपील की। इस संदेश को ब्लैक होल १ए ०६२०-०० की ओर प्रसारित किया गया था। इस ब्लैक होल की

खोज सन् १९७५ में हुई थी, जो पृथ्वी से ३५०० प्रकाश वर्ष की दूरी पर है।

स्टीफन की बेटी लूसी ने अपने पिता के लिए किए गए इस सराहनीय कार्य की सराहना की। उन्होंने अपने और अपने परिवार की ओर से अंतरिक्ष एजेंसी को धन्यवाद दिया। इस अवसर पर उन्होंने कहा कि उनके पिता स्टीफन हॉकिंग हमेशा से अंतरिक्ष में जाने की इच्छा रखते थे और ब्रह्माण्ड के अनगिनत छिपे रहस्यों का पता लगाना चाहते थे। उन्होंने कहा कि उनके पिता का कार्य और विरासत अनंत काल तक जीवित रहेगा। पूरा विश्व उनकी दृढ़ता और प्रतिभा का लोहा मानता है। अंत में उन्होंने अंतरिक्ष एजेंसी द्वारा स्टीफन हॉकिंग की मौजूदगी को अंतरिक्ष में बनाए रखने के कार्य की हृदय से सराहना की।

नई थ्योरी

स्टीफन के निधन के डेढ़ महीने पश्चात २ मई, २०१८ को कैम्ब्रिज द्वारा उनकी नई थ्योरी को रिलीज़ किया। जिसे 'जर्नल ऑफ हाई एनर्जी फिजिक्स' में प्रकाशित किया गया। कहा जाता है कि स्टीफन ने यह थ्योरी अपने निधन से १० दिन पहले समाप्त की थी। उनकी इस नवीनतम थ्योरी के अनुसार उन्होंने अपनी पुरानी थ्योरी को गलत बताया है। स्टीफन ने नई थ्योरी में बताया कि यह भी संभव है कि ब्रह्माण्ड का कोई अन्य छोर भी हो सकता है, जबकि उनकी पिछली थ्योरी के अनुसार ब्रह्माण्ड अनंत है और इसका कोई छोर नहीं है।

अपनी नई थ्योरी में स्टीफन ने इस बात पर प्रकाश डाला है कि हो सकता है कि बिग बैंग की घटना के पश्चात केवल एक नहीं बल्कि अनेक ब्रह्माण्डों का निर्माण हुआ होगा। इससे यह तथ्य सामने आता है कि अंतरिक्ष में यकीनन कोई न कोई ऐसा स्थान भी अवश्य होगा, जहाँ धरती जैसा कोई दूसरा सौरमंडल हो। यह भी हो सकता है कि वहाँ डायनासौर या उनसे मिलते-जुलते जीव तथा इंसान रहते हों। लेकिन ऐसा

कहना बहुत मुश्किल है कि वह सौरमंडल बिलकुल हमारी पृथ्वी जैसा होगा या उसका स्वरूप कुछ अलग होगा।

स्टीफन अपनी खोजों के लिए दुनिया के चुने हुए भौतिक विज्ञानियों में से एक थे। उन्होंने ब्रह्माण्ड के एक से एक रहस्यों से पर्दा उठाया, लेकिन उन्हें आज तक नोबेल पुरस्कार प्रदान नहीं किया गया। अनेक लोग इसका कारण जानना चाहते हैं। नैशनल ज्योग्राफिक मैगज़ीन में 'द साइंस ऑफ लिबर्टी' के लेखक टिमोथी का कहना है कि ब्लैक होल के बारे में स्टीफन हॉकिंग की थ्योरी को सैद्धांतिक भौतिकी में स्वीकार कर लिया गया है। लेकिन आज तक इस थ्योरी को साबित करने का कोई तरीका नहीं मिला है। टिमोथी का कहना है कि इस थ्योरी को साबित किया भी नहीं जा सकता क्योंकि इसे साबित करने का कोई तरीका है ही नहीं। यदि ऐसा होता तो स्टीफन को बहुत पहले नोबेल पुरस्कार मिल चुका होता।

३१

उपसंहार

सन् २०१९ में जेम्स वेब नाम के एक टेलिस्कोप छोड़े जाने की संभावना है। यह टेलिस्कोप नए ग्रहों की खोज के साथ बिग बैंग के बाद सबसे पहले बननेवाली आकाशगंगागों को तलाश कर सकेगा ताकि उन पर अध्ययन किया जा सके। इससे वैज्ञानिक जगत को बिग बैंग से संबंधित अनेक गुत्थियों को सुलझाने में मदद मिल सकेगी। दरअसल यह सवाल कि बिग बैंग से पहले क्या था? काफी जटिल होने के साथ दिलचस्प भी है। इसका जवाब तलाश करने के लिए या तो अवलोकन का सहारा लिया जाता है या फिर गणित संबंधी थ्योरी की मदद ली जाती है।

लेकिन यहाँ परेशानी यह है कि जो गणित के नियम साधारण संसार में काम करते हैं, वे क्वांटम संसार में काम नहीं करते। अत: जब तक किसी ऐसी थ्योरी की तलाश नहीं हो जाती जो क्वांटम तथा साधारण संसार दोनों में लागू होती हो, तब तक गणित की थ्योरी हमें इस सवाल का जवाब नहीं दे सकती। ब्लैक होल जैसे खगोलीय पिंडों में भौतिकी के नियम काम नहीं

करते। बिग बैंग से पहले भी भौतिकी के नियमों का कोई अस्तित्व नहीं था।

अत: यदि हम यह जान सकें कि यह नियम किस परिस्थिति में टूटते हैं और नियमों के टूटने से क्या होता है तो हम उस सवाल का जवाब पाने के बहुत करीब पहुँच जाते हैं, जिसकी तलाश हम कर रहे हैं।

स्टीफन में जन्मजात एक ऐसे अध्यापक के गुण मौजूद थे, जो उन्हें रोजमर्रा के जीवन से जोड़े रखते थे और वे जटिल से जटिल अवधारणाओं को चुटकियों में लोगों के सामने प्रस्तुत करने की कला रखते थे।

विज्ञान के इस अद्भुत धनी व्यक्तित्व को हमारा शत्-शत्- नमन!

परिशिष्ट

महाआसमानी परम ज्ञान
शिविर परिचय और लाभ (निवासी)

तेजज्ञान फाउण्डेशन आत्मविकास से आत्मसाक्षात्कार प्राप्त करने का एक रास्ता है। इसके लिए सरश्री द्वारा एक अनूठी बोध पद्धति (System for Wisdom) का सृजन हुआ है। इस पद्धति को अन्तर्राष्ट्रीय मानक ISO 9001:2015 के आवश्यकताओं एवं निर्देशों के अनुरूप ढालकर सरल, व्यावहारिक एवं प्रभावी बनाया गया है।

इस संस्था की बोध पद्धति के विभिन्न पहलुओं (शिक्षण, निरीक्षण व गुणवत्ता) को स्वतंत्र गुणवत्ता परीक्षकों (Quality Auditors) द्वारा क्रमबद्ध तरीके से जाँचा गया। जिसके बाद इन पहलुओं को ISO 9001:2015 के अनुरूप पाकर, इस बोध पद्धति को प्रमाणित किया गया है।

फाउण्डेशन का लक्ष्य आपको नकारात्मक विचार से सकारात्मक विचार की ओर बढ़ाना है। सकारात्मक विचार से शुभ विचार यानी हॅपी थॉट्स (विधायक आनंदपूर्ण विचार) और शुभ विचार से निर्विचार की ओर बढ़ा जा सकता है। निर्विचार से ही आत्मसाक्षात्कार संभव है। शुभ विचार (Happy Thoughts) यानी यह विचार कि 'मैं हर विचार से मुक्त हो जाऊँ।' शुभ इच्छा यानी यह इच्छा कि 'मैं हर इच्छा से मुक्त हो जाऊँ।'

ज्ञान का अर्थ है सामान्य ज्ञान लेकिन तेजज्ञान यानी वह ज्ञान जो ज्ञान व अज्ञान के परे है। कई लोग सामान्य ज्ञान की जानकारी को ही ज्ञान समझ लेते हैं लेकिन असली ज्ञान और जानकारी में बहुत अंतर है। आज लोग सामान्य ज्ञान के जवाबों को ज्यादा महत्त्व देते हैं। उदाहरण के तौर पर– कर्म और भाग्य, योग और प्राणायाम, स्वर्ग और नर्क इत्यादि। आज के युग में सामान्य ज्ञान प्रदान करनेवाले लोग और शिक्षक कई मिल जाएँगे मगर इस ज्ञान को पाकर जीवन में कोई बड़ा परिवर्तन नहीं होता। यह ज्ञान या तो केवल बुद्धि विलास है या फिर अध्यात्म के नाम पर बुद्धि का व्यायाम है।

सभी समस्याओं का समाधान है तेजज्ञान। भय से मुक्ति, चिंतारहित व क्रोध से आज़ाद जीवन है तेजज्ञान। शारीरिक, मानसिक, सामाजिक, आर्थिक और आध्यात्मिक उन्नति के लिए है – तेजज्ञान। तेजज्ञान आपके अंदर है, आएँ और इसे पाएँ।

यदि आप ऐसा ज्ञान चाहते हैं, जो सामान्य ज्ञान के परे हो, जो हर समस्या का समाधान हो, जो सभी मान्यताओं से आपको मुक्त करे, जो आपको ईश्वर का साक्षात्कार कराए, जो आपको सत्य पर स्थापित करे तो समय आ गया है तेजज्ञान को जानने और शब्दोंवाले सामान्य ज्ञान से उठकर तेजज्ञान का अनुभव करने का।

अब तक अध्यात्म के अनेक मार्ग बताए गए हैं। जैसे जप, तप, मंत्र, तंत्र, कर्म, भाग्य, ध्यान, ज्ञान, योग और भक्ति आदि। इन मार्गों के अंत में जो समझ, जो बोध प्राप्त होता है, वह एक ही है। सत्य के हर खोजी को अंत में एक ही समझ मिलती है और इस समझ को सुनकर भी प्राप्त किया जा सकता है। उसी समझ को सुनना यानी तेजज्ञान प्राप्त करना है। तेजज्ञान के श्रवण से सत्य का साक्षात्कार होता है, ईश्वर का अनुभव होता है। यही तेजज्ञान सरश्री महाआसमानी शिविर में प्रदान करते हैं।

सरश्री की आध्यात्मिक खोज का सफर उनके बचपन से प्रारंभ हो गया था। इस खोज के दौरान उन्होंने अनेक प्रकार की पुस्तकों का अध्ययन किया। अपने आध्यात्मिक अनुसंधान के दौरान उन्होंने नगभग सभी ध्यान पद्धतियों का भी अभ्यास किया। उनकी इसी खोज ने उन्हें कई वैचारिक और शैक्षणिक संस्थानों की ओर बढ़ाया। जीवन का रहस्य समझने के लिए उन्होंने एक

लंबी अवधि तक मनन करते हुए अपनी खोज जारी रखी, जिसके अंत में उन्हें आत्मबोध प्राप्त हुआ। उसके बाद उन्होंने अपने तत्कालीन अध्यापन कार्य को विराम लगाते हुए, लगभग दो दशकों से भी अधिक समय अपना समस्त जीवन मानव कल्याण के आध्यात्मिक विकास हेतु अर्पण किया।

सरश्री कहते हैं, 'सत्य के सभी मार्गों की शुरुआत अलग-अलग प्रकार से होती है लेकिन सभी के अंत में एक ही समझ प्राप्त होती है। 'समझ' ही सब कुछ है और यह 'समझ' अपने आपमें पूर्ण है। आध्यात्मिक ज्ञान प्राप्ति के लिए इस 'समझ' का श्रवण ही पर्याप्त है।' इसी समझ को उजागर करने के लिए उन्होंने आज तीन हज़ार से अधिक आध्यात्मिक विषयों पर प्रवचन दिए हैं, जिनके द्वारा वे अध्यात्म की गहरी संकल्पनाएँ सीधे और व्यावहारिक रूप में समझाते हैं। समाज के हर स्तर का इंसान सरश्री द्वारा बताई जा रही समझ का लाभ ले सकता है।

यह समझ हरेक को अपने अनुभव से प्राप्त हो इसलिए सरश्री ने 'महाआसमानी परम ज्ञान शिविर' और उसके लिए आवश्यक कार्यप्रणाली (सिस्टम) की रचना की है, जिसका लाभ लाखों खोजी ले रहे हैं। यह व्यवस्था आय.एस.ओ. (ISO 9001:2015) प्रमाणित है, जिसने अनेक लोगों को सत्य की राह पर चलने की प्रेरणा दी है। इसी समझ के प्रचार और प्रसार के लिए उन्होंने 'तेजज्ञान फाउण्डेशन' नामक आध्यात्मिक संस्था की नींव रखी है। इस संस्था का मुख्य उद्देश्य है– 'हॅपी थॉट्स द्वारा उच्चतम विकसित समाज का निर्माण'।

विश्व का हर इंसान आज सरश्री के मार्गदर्शन का लाभ ले सकता है, जिसके लिए किसी भी धर्म, जाति, उपजाति, वर्ण, पंथ, रंग या लिंग का बंधन नहीं है। विश्व के हर कोने में बसे लोग आज तेजज्ञान की इस अनूठी ज्ञान प्रणाली (System for Wisdom) का लाभ ले रहे हैं। इस व्यवस्था के एक हिस्से के रूप में लाखों लोग रोज़ सुबह और रात को ९ बजकर ९ मिनट पर विश्व शांति के लिए प्रार्थना करते हैं।

क्या आपको उच्चतम आनंद पाने की इच्छा है? ऐसा आनंद, जो किसी कारण पर निर्भर नहीं है, जिसमें समय के साथ केवल बढ़ोतरी ही होती है। क्या आप इसी जीवन में प्रेम, विश्वास, शांति, समृद्धि और परमसंतुष्टि पाना चाहते

हैं? क्या आप शारीरिक, मानसिक, सामाजिक, आर्थिक और आध्यात्मिक इन सभी स्तरों पर सफलता हासिल करना चाहते हैं? क्या आप 'मैं कौन हूँ' इस सवाल का जवाब अनुभव से जानना चाहते हैं?

यदि आपके अंदर इन सवालों के जवाब जानने की और 'अंतिम सत्य' प्राप्त करने की प्यास जगी है तो तेजज्ञान फाउण्डेशन द्वारा आयोजित 'महाआसमानी परम ज्ञान शिविर' में आपका स्वागत है। यह शिविर पूर्णतः सरश्री की शिक्षाओं पर आधारित है। सरश्री आज के युग के आध्यात्मिक गुरु और 'तेजज्ञान फाउण्डेशन' के संस्थापक हैं, जो अत्यंत सरलता से आज की लोकभाषा में आध्यात्मिक समझ प्रदान करते हैं।

महाआसमानी परम ज्ञान शिविर का उद्देश्य :

इस शिविर का उद्देश्य है, 'विश्व का हर इंसान 'मैं कौन हूँ' इस सवाल का जवाब जानकर सर्वोच्च आनंद में स्थापित हो जाए।' उसे ऐसा ज्ञान मिले, जिससे वह हर पल वर्तमान में जीने की कला प्राप्त करे। भूतकाल का बोझ और भविष्य की चिंता इन दोनों से मुक्त हो जाए। हर इंसान के जीवन में स्थायी खुशी, सही समझ और समस्याओं को विलीन करने की कला आ जाए। मनुष्य जीवन का उद्देश्य पूर्ण हो।

'मैं कौन हूँ? मैं यहाँ क्यों हूँ? मोक्ष का अर्थ क्या है? क्या इसी जन्म में मोक्ष प्राप्ति संभव है?' यदि ये सवाल आपके अंदर हैं तो महाआसमानी परम ज्ञान शिविर इसका जवाब है।

महाआसमानी परम ज्ञान शिविर के मुख्य लाभ :

इस शिविर के लाभ तो अनगिनत हैं मगर कुछ मुख्य लाभ इस प्रकार हैं–

❋ जीवन में दमदार लक्ष्य प्राप्त होता है। ❋ 'मैं कौन हूँ' यह अनुभव से जानना (सेल्फ रियलाइजेशन) होता है। ❋ मन के सभी विकार विलीन होते हैं। ❋ भय, चिंता, क्रोध, बोरडम, मोह, तनाव जैसी कई नकारात्मक बातों से मुक्ति मिलती है। ❋ प्रेम, आनंद, मौन, समृद्धि, संतुष्टि, विश्वास जैसे कई दिव्य गुणों से युक्ति होती है। ❋ सीधा, सरल और शक्तिशाली जीवन प्राप्त होता है। ❋ हर समस्या का समाधान प्राप्त करने की कला मिलती है। ❋ 'हर पल वर्तमान में जीना' यह आपका स्वभाव बन जाता है। ❋ आपके अंदर छिपी सभी संभावनाएँ खुल जाती हैं। ❋ इसी जीवन में मोक्ष (मुक्ति) प्राप्त होता है।

महाआसमानी परम ज्ञान शिविर में भाग कैसे लें?

इस शिविर में भाग लेने के लिए आपको कुछ खास माँगें पूरी करनी होती हैं। जैसे-

१) आपकी उम्र कम से कम अठारह साल या उससे ऊपर होनी चाहिए।

२) आपको सत्य स्थापना शिविर (फाउण्डेशन ट्रुथ रिट्रीट) में भाग लेना होगा, जहाँ आप सीखेंगे- वर्तमान के हर पल को कैसे जीया जाए और निर्विचार अवस्था में कैसे प्रवेश पाएँ।

३) आपको कुछ प्राथमिक प्रवचनों में भाग लेना है, जहाँ आप बुनियादी समझ आत्मसात कर, महाआसमानी परम ज्ञान शिविर के लिए तैयार होते हैं।

यह शिविर एक या दो महीने के अंतराल में आयोजित किया जाता है, जिसका लाभ हज़ारों खोजी उठाते हैं। इस शिविर की तैयारी आप दो तरीके से कर सकते हैं। पहला तरीका- मनन आश्रम (पूना) में ५ दिवसीय निवासी शिविर में भाग लेकर, दूसरा तरीका- तेजज्ञान फाउण्डेशन के नजदीकी सेंटर पर सत्य श्रवण द्वारा। जैसे- पुणे, मुंबई, दिल्ली, सांगली, सातारा, जलगाँव, अहमदाबाद, कोल्हापुर, नासिक, अहमदनगर, औरंगाबाद, सूरत, बरोडा, नागपुर, भोपाल, रायपुर, चेन्नई, वर्धा, अमरावती, चंद्रपुर, यवतमाल, रत्नागिरी, लातूर, बीड, नांदेड, परभणी, पनवेल, ठाणे, सोलापुर, पंढरपुर, अकोला, बुलढाणा, धुले, भुसावल, बैंगलोर, बेलगाम, धारवाड, भुवनेश्वर, कोलकत्ता, राँची, लखनऊ, कानपुर, चंदीगढ़, जयपुर, पणजी, म्हापसा, इंदौर, इटारसी, हरदा, विदिशा, बुरहानपुर।

इनके अतिरिक्त आप महाआसमानी की तैयारी फाउण्डेशन में उपलब्ध सरश्री द्वारा रचित पुस्तकें या यू ट्यूब के संदेश सुनकर भी कर सकते हैं। मगर याद रहे ये पुस्तकें, कैसेटस्, यू ट्यूब के प्रवचन शिविर का परिचय मात्र है, तेजज्ञान नहीं। आप महाआसमानी परम ज्ञान शिविर में भाग लेकर ही तेजज्ञान का आनंद ले सकते हैं। आगामी महाआसमानी परम ज्ञान शिविर में अपना स्थान आरक्षित करने के लिए संपर्क करें : **09921008060/75, 9011013208**

मनन आश्रम : मनन आश्रम, पुणे, सर्वे नं. ४३, सनस नगर, नांदोशी गाँव, किरकट वाडी फाटा, तहसील - हवेली, जिला : पुणे - ४११०२४. फोन : 09921008060

N
W
E

मनन आश्रम

अब एक क्लिक पर ही शिविर का रजिस्ट्रेशन !

तेजज्ञान फाउण्डेशन की इन शिविरों के लिए
अब आप ऑनलाईन रजिस्ट्रेशन भी कर सकते हैं-

* महाआसमानी परम ज्ञान शिविर परिचय और लाभ (पाँच दिवसीय निवासी शिविर)
* मैजिक ऑफ अवेकनिंग (केवल अंग्रेजी भाषा जाननेवालों के लिए तीन दिवसीय निवासी शिविर)
* मिनी महाआसमानी (निवासी) शिविर, युवाओं के लिए

रजिस्ट्रेशन के लिए आज ही लॉग इन करें

www.tejgyan.org

तेजज्ञान फाउण्डेशन के नए
YouTube - "Happy Thoughts Channel" पर
'संपूर्ण जीवन दर्शन-365 सवाल' श्रृंखला का लाभ लें
Happy Thoughts
Subscribe, Like, Share, Comment
365
सवाल
आत्मविकास से आत्मसाक्षात्कार
की यात्रा
'संपूर्ण जीवन दर्शन' यह 365 सवालों की शृंखला है
जो जीवन के सभी आयाम जैसे अध्यात्म, कर्म, भाग्य, ज्ञान, ध्यान, प्रार्थना,
भक्ति, जन्म, मृत्यु, क्षमा, स्वास्थ्य, समृद्धि, खुशी, रिश्ते-नाते, विकास,
सफलता इत्यादि सभी आयामों पर एक नई रोशनी डालती है।
365 सवालों की यह शृंखला आपको आत्मविकास से आत्मसाक्षात्कार
की मंजिल तक पहुँचने में सहायता करेगी।
"Happy Thoughts Channel" को आज ही सबस्क्राइब करें

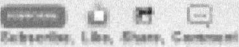

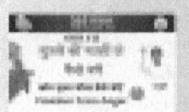

– तेजज्ञान इंटरनेट रेडियो –

२४ घंटे और ३६५ दिन सरश्री के प्रवचन और भजनों का लाभ लें,
तेजज्ञान इंटरनेट रेडियो द्वारा। देखें लिंक
http://www.tejgyan.org/internetradio.aspx

हर रविवार सुबह १०.०५ से १०.१५ तक रेडियो विविध भारती, एफ. एम. पुणे पर 'हॅपी थॉट्स कार्यक्रम'

www.youtube.com/tejgyan
पर भी सरश्री के प्रवचनों का लाभ ले सकते हैं।
For online shoping visit us - www.tejgyan.org, www.gethappythoughts.org

पुस्तकें प्राप्त करने के लिए नीचे दिए गए पते पर मनीऑर्डर द्वारा पुस्तक का मूल्य भेज सकते हैं। पुस्तकें रजिस्टर्ड, कुरियर अथवा वी.पी.पी. द्वारा भेजी जाती हैं। पुस्तकों के लिए नीचे दिए गए पते पर संपर्क करें।

* WOW Publishings Pvt. Ltd. रजिस्टर्ड ऑफिस-E-4, वैभव नगर, तपोवन मंदिर के नज़दीक, पिंपरी, पुणे- 411017

* पोस्ट बॉक्स नं. 36, पिंपरी कॉलोनी पोस्ट ऑफिस, पिंपरी, पुणे - 411017

फोन नं.: 09011013210 / 9623457873

आप ऑन-लाइन शॉपिंग द्वारा भी पुस्तकों का ऑर्डर दे सकते हैं।
लॉग इन करें - www.gethappythoughts.org
500 रुपयों से अधिक पुस्तकें मँगवाने पर 10% की छूट और फ्री शिपिंग।

e-mail
mail@tejgyan.com

website
www.tejgyan.org, www.gethappythoughts.org

- विश्व शांति प्रार्थना -

'पृथ्वी पर सफेद रोशनी (दिव्य शक्ति) आ रही है।
पृथ्वी से सुनहरी रोशनी (चेतना) उभर रही है।
विश्व से सारी नकारात्मकता दूर हो रही है।
सभी प्रेम, आनंद और शांति के लिए
खुल रहे हैं, खिल रहे हैं।'
विश्व के सभी लीडर्स आउट ऑफ बॉक्स सोच रहे हैं...
विश्व के सभी लीडर्स शांतिदूत बन रहे हैं
विश्व के सभी लीडर्स की इच्छा ईश्वर की इच्छा बन रही है! धन्यवाद

यह 'सामूहिक अव्यक्तिगत प्रार्थना' तेजज्ञान फाउण्डेशन के सदस्य पिछले कई सालों से निरंतरता से कर रहे हैं। खुश लोग यह प्रार्थना कर सकते हैं और बीमार, दुःखी लोग उस वक्त एक जगह बैठकर इस प्रार्थना को ग्रहण कर स्वास्थ्य लाभ पा सकते हैं।

यदि इस वक्त आप परेशान या बीमार हैं तो रोज़ सुबह या रात 9:09 को केवल ग्रहणशील होकर इस भाव से बैठें कि 'स्वास्थ्य और शांति की सफेद रोशनी जो इस वक्त प्रार्थना में बैठे कई लोगों द्वारा नीचे पृथ्वी पर उतर रही है, वह मुझमें भी अपना कार्य कर रही है। मैं स्वस्थ और शांत हो रहा हूँ।' कुछ देर इस भाव में रहकर आप सबको धन्यवाद देकर उठें।

तेजज्ञान फाउण्डेशन – मुख्य शाखाएँ

पुणे (रजिस्टर्ड ऑफिस)

विक्रांत कॉम्प्लेक्स, तपोवन मंदिर के नज़दीक,
पिंपरी, पुणे-४११ ०१७. फोन : 020-27411240, 27412576

मनन आश्रम

सर्वे नं. ४३, सनस नगर, नांदोशी गाँव, किरकटवाडी फाटा,
तहसील- हवेली, जिला- पुणे - ४११ ०२४.
फोन : 09921008060

e-books

•The Source •Complete Meditation •Ultimate Purpose of Success •Enlightenment •Inner Magic •Celebrating Relationships •Essence of Devotion •Master of Siddhartha •Self Encounter, and many more.
Also available in Hindi at Kindle and Google Playbooks

e-magazines

'Yogya Aarogya' & 'Drushtilakshya'
emagazines available on www.magzter.com

www.ingramcontent.com/pod-product-compliance
Lightning Source LLC
LaVergne TN
LVHW041852070526
838199LV00045BB/1563